Und Lukas mittendrin!

© Hanns Joosten

Thomas Fuchs, geboren 1964 in Kassel, studierte Geschichte und Politik. Neben Kinder- und Jugendbüchern schreibt er auch Hörspiele und arbeitet als Radiojournalist. Er lebt mit seiner Familie in Berlin.

Thomas Fuchs

Und Lukas mittendrin!

CARLSEN

FSC
Mix
Produktgruppe aus vorbildlich
bewirtschafteten Wäldern und
anderen kontrollierten Herkünften

Zert.-Nr. SGS-COC-001940
www.fsc.org

Veröffentlicht im Carlsen Verlag
November 2010
Mit freundlicher Genehmigung des Thienemann Verlages

Umschlagbild: iStockphoto.com / © ronen
Umschlaggestaltung: formlabor
Corporate Design Taschenbuch: Dörte Dosse
Gesetzt aus der Bembo von Dörlemann Satz, Lemförde
Druck und Bindung: GGP Media GmbH, Pößneck
ISBN 978-3-551-35717-5
Printed in Germany

Alle Bücher im Internet: www.carlsen.de

To: **thies (matthias.schulz)@golden-gate-friends.com**
Date: **Thu, 18. Feb 19:25:08**
From: **luke.moser@net-by-air-yd04.mx**

Tag, Thies,
klasse, dass dir deine Mam endlich einen Computer gekauft hat. Wurde auch Zeit. Was deine Mail angeht, kann ich nur zurückfragen: Von wem sprichst du? Du meinst mit horny Depp nicht mich, oder? Du solltest mich doch besser kennen und wissen, wie ich bin. An solchen Dingen war ich nun wirklich noch nie interessiert. :-)

Wie mein Onkel Wolfram immer sagt: Wichtig sind die bleibenden Werte. Und bleibende Werte sind Intelligenz, Anstand, Sitte und Moral. Ein Gentleman ist nur, wer auch, selbst wenn er alleine ist, die Zuckerzange benutzt. Nebenbei gefragt: Gibt es bei dir da drüben überhaupt Zuckerzangen? Vielleicht kommt dir die Frage merkwürdig vor. Aber das Vorhandensein von Zuckerzangen setzt bekanntlich die Existenz von Würfelzucker voraus und ich weiß wirklich nicht, ob die komischen Amerikaner den kennen. :-/ Also klär das mal.

Ich soll dich von den anderen aus der Klasse grüßen. Auch von den Frauen, besonders von Amanda, Joceline und Marie.

Von Marie soll ich dich sogar knutschen. (Hattest du was mit der?) Frauen haben wirklich keine Ahnung von Technik. Selbst wenn ich das machen wollte, wie denn? Per E-Mail?

Den durch deinen Abgang verwaisten Platz neben mir hab ich bisher verteidigen können. Der dicke Björn wollte drauf. Kann mir denken, warum der plötzlich in die letzte Reihe will. Aber nichts da! Ich werde deinen Stuhl freihalten, bis du aus den Staaten zurückkommst. Ehrensache!

Gestern hatte ich Krach mit Arnold. Er behauptet, ich hätte sein Bike zerstört. Echt keine Ahnung, wie der Idiot darauf kommt. Auf jeden Fall hat er gedroht mich zu verprügeln. Aber da er kein Rad mehr hat, konnte er mich nicht erwischen: Fußgänger sind definitiv langsamer als Radfahrer, das steht fest.

Sonst ist nicht so viel in den fünf Wochen passiert, die du nun schon weg bist, drüben in den USA. Obwohl, die Leonore aus der Zehnten soll schwanger sein. Von wem – weiß man nicht. Sie wird jedenfalls immer dicker. Hast du was damit zu tun? Musstest du deshalb vorübergehend auswandern? **:-X**

Grüße,

Luke

P.S. Ach ja! Hab dir ein kleines Pic angehängt, das ich beim Surfen auf einer Modeseite gefunden habe. Linda in Unterwäsche. O Gott, öffne es besser nicht. Sobald ich es auf dem Monitor hatte, bekam ich einen Blutsturz, so vom Kopf zwischen die Beine … Nebenbei: Macht eine Dauerlatte wirklich schwachsinnig, weil das Hirn mangels Durchblutung nicht mehr mit Sauerstoff versorgt wird? Das würde viel erklären. **;-)**

To: **thies (matthias.schulz)@golden-gate-friends.com**
Date: **Mon, 22. Feb 20:12:55**

Hey, Thies,
ist mir gerade beim Gamen eingefallen: Was hältst du davon, wenn wir unser altes »Civilisation« weiterspielen? Ich maile dir den letzten Spielstand

gleich mit. Du wirst merken, dass ich ein paar Züge für dich mitgemacht habe. **:-)** Gerade haben meine Siedler den letzten Kontinent entdeckt und dort eine Stadt gegründet. Ich nenne sie ganz traditionell »Fersendorf«. By the way, wie findest du meine Siedlungen »Brustdorf«, »Nippelstadt« und »Bauchnabelingen«?

Du bist am Zug.

Übrigens schlage ich dir eine Wette vor: Wer zuerst echte Dinger anfasst, ist der King und darf sich für den anderen was ausdenken. Deadline ist mein Geburtstag. **:>)** Ist zwar etwas unfair, da du nicht dabei sein kannst – traurig, traurig. **:-(** Aber vielleicht schaffst du es ja, dir ein Flugticket zusammenzusparen. Sind ja noch zwei Monate. Die Zwillinge werde ich auch einladen.

Tschö mit ö,

Luke

To: **thies (matthias.schulz)@golden-gate-friends.com**
Date: **Tue, 23. Feb 18:05:26**

Tag, Thies,
was heißt, ich hätte dich bei »Civilisation« beschissen? Ich habe deine Siedler gerade mal 784 Jahre lang für dich geführt. Und gefällt dir deine Welt etwa nicht? Versteh ich nicht. Du hast tolle Gärten, wunderschöne Orakel und deine Bewohner können echt glücklich sein. Was kann ich denn dafür, dass der Rest der Welt mir gehört? Ein Kontinent für dich langt doch. Und wenn deine Idioten in »Gondor«, »Bruchsal« oder »Elbstadt« immer noch nicht das Rad erfunden haben und nicht lesen können, liegt das nicht an mir. Laut Spielstatistik sind deine Herr-der-Ringe-Lande die am höchsten entwickelte Gartenbauzivilisation überhaupt! Gleiches lässt sich von eurer Lochstickereikunst sagen.

Und, ich sage das ja nur ungern **;-)**: Damit das Spiel weitergeht, musst du den neuen Spielstand anhängen und mitschicken!

Also, mach was!

Grüße,

Luke

To: thies (matthias.schulz)@golden-gate-friends.com
Date: Tue, 23. Feb 21:10:06

Hey, Thies,
du hast Glück. Meine Eltern sind beide weg zu Freunden und daher kann ich noch mal an die Kiste meines Pas. Verstehst du eigentlich, warum Eltern so einen Stress mit dem Internet machen? Ich darf nur wegen deiner Mails an den Compi und ins Netz. Finden sie gut, dass ich meinem besten Freund in der Fremde die Treue halte und so. Aber wehe, ich will mal einfach just for fun surfen. Von einem eigenen Internetanschluss für meinen Computer darf ich weiterhin nur träumen. **=:-(**

Zum Glück sind die meisten Alten aber internetmäßig eh nicht upgedatet. Von Adultcheck oder Ähnlichem haben zumindest meine keine Ahnung. Ob ich nur maile oder surfe, das merken sie sowieso nicht. Also, was soll's!

Du schreibst, die Frauen in San Francisco wären alle superscharf. Toll für dich! Dann wirst du wohl die Wette gewinnen. Wahrscheinlich sitzen im Moment drei scharfe Bräute neben dir am Strand und warten nur darauf, dass du ihnen endlich an die

Wäsche gehst. Und du machst das natürlich. Ich kenne dich! Du bist da ganz anders als ich. Ich bin ja eher der romantisch verklärte Typ und habe keinerlei sexuelle Interessen. Weißt du, ich denke inzwischen nicht mal mehr daran: an Frauen und so. Weder an Sommer, Strand, Hitze noch an Frauen, Wasser, nasse Badeanzüge ... **=:<)**

Hey, du hattest mir doch versprochen den »Sports illustrated« oder wie der heißt zu schicken – den berühmt-berüchtigten Katalog für Bademoden. Falls ich dich daran erinnern darf ... Aber wahrscheinlich kannst du ihn schlicht nicht aus der Hand legen, weil du zu beschäftigt mit ihm bist. **:-]**

Wird Zeit, dass wir uns endlich mal wiedersehen. Wie ist das Wetter in San Francisco? Sonne? Hängt die Brücke noch? Was gibt es Neues aus dem kulturellen Leben? Wie waren die letzten Opernaufführungen? Wir sind alt geworden, da sollte man anfangen sich mit den ernsteren Dingen des Lebens zu beschäftigen. Ich werde in zwei Monaten vierzehn! Ehrlich gesagt, ich hätte nicht gedacht, dass ich mit meinem ausschweifenden Lebensstil dieses hohe Alter überhaupt erreichen würde. Und ich fühle es in all meinen (müden) Knochen: Von nun an geht's bergab. Das war die Blüte meines Lebens oder, wie Onkel Wolfram es auf den Punkt gebracht hat: Es regt sich nichts mehr in den Lenden – egal wie kurz der Rock auch ist. Wie komme ich jetzt darauf?

Na ja, das Leben ist kein Spiel. Nicht wahr, alter Freund und Blutsbruder!?

(Da fällt mir ein: Würdest du so einen Schwachsinn noch einmal machen? Sich den halben Arm aufschlitzen und dann die Wunden kreuzen? Also allein schon wegen Aids, Herpes und so. Von heute aus betrachtet sage ich: Kinderkram! Ich kann mich nicht mal mehr genau daran erinnern, wann das war. Ist irgendwie alles so weit weg. Versunken im Nebel der Kindheit. Wie alt mögen wir damals gewesen sein. Elf?)

Hier ist alles mies. Sämtliche Weiber laufen dick verpackt herum. Echt, wenn du scharfe Frauen sehen willst, musst du die Glotze einschalten. Wenn ich schon mal ausnahmsweise bei dem Thema bin **;-)**: Ich werde mich kastrieren lassen. Ich bin zwar kein Triebtäter, aber ich denke, das wäre für mich und die Welt das Beste. Ich bin es leid, ständig von diesem Dämon verfolgt zu werden. Wirklich! Ständig lungern bildschöne, bereite Frauen auf der Treppe zu unserem Haus herum und ich schaffe sie nicht mehr alle. Früher, ja, da war ich ein Hengst, aber jetzt im Alter ist das alles nur noch komisch. Diese Triebe, testosterongetriebene, schändliche Lust! Von nun an werde ich keusch leben. Ich denke, wenn ich es bis Ostern durchhalte, hab ich die elende Sexualität hinter mir. Ich habe die Nase voll, ständig mit einer Latte herumzulaufen. Das muss ein Ende haben. **=:<(**

Und die ersten Schritte sind bereits getan. Im Unterricht hat der Patzer neulich von den Jesuiten erzählt. Die sind echt oberkeusch. Wenn denen der Gedanke an Sex kommt, schalten sie schnell um. Sie stellen sich Autos oder Busse vor, denken an die Kreuzigung oder was einen eben so abtörnt.

Bei mir klappt das mit Porridge ganz gut. Wenn ich an den Haferschleim nur denke, ist bei mir Schluss mit lustig. Ich musste das Zeug nämlich neulich bei Tante Ruth und Onkel Bernhard essen und es ist mir echt mies bekommen. War heavy. Wir, also ich, Mam, Pa und Stefan, das Sackgesicht von einem älteren Bruder, waren zum Sonntagsbrunch bei ihnen eingeladen, also Frühstück und Mittagessen in einem. Die beiden sind absolute Englandfans und fahren jedes Jahr in den Urlaub dahin. Sie hatten Porridge gekocht, weil das die

Engländer auch immer essen. Wie das Zeug schon aussieht! So eklig grau-schleimig wie der Matsch, den wir in Kunst bei der Hebmann-Wolthers damals zum Gestalten bekommen haben.

Mam und Pa haben mich durch Androhung nackter Gewalt zum Essen gezwungen. Ich müsse das Porridge zumindest mal probieren. Mein Bruder, dieser Idiot, hat natürlich getönt, wie klasse das Zeug schmecken würde. Das aber nur, weil er im Anschluss einen Whisky haben wollte. Kriegte er aber nicht. Pa und Onkel Bernhard haben sich ganz alleine zugelötet. Stefan, der Volltrottel, sah wieder mal in die Röhre. **:-)**

Später beim Rumstöbern im Bücherregal von Onkel Bernhard hab ich die Pornos entdeckt und bin irgendwie mit einem der Hefte auf dem Klo gelandet. **=:<)** Echt. Ich wusste gar nicht, dass ich eins eingesteckt hatte. Plötzlich, als ich auf dem Topf saß, fiel es aus meinem T-Shirt. Da musste ich natürlich eben mal reinsehen. Du weißt ja, wie das ist.

Ganz schön heftig, was Onkel Bernhard so liest. Orgien und Unmengen von Frauen, die alle nur stundenlang rangenommen werden wollen. Mir blieb echt die Luft weg. Da waren Stellungen gezeigt, da musst du Turner sein, um die hinzubekommen.

Dann wurde mir plötzlich schlecht. Ich musste rülpsen und schmeckte wieder diesen ekelhaften Schleim.

Alles kam hoch: das Porridge und das Rührei, die Würstchen, der Orangensaft, das Toastbrot und das halbe Pfund englisches Weingummi.

Leider hab ich es nicht mehr zum Becken geschafft und mir voll über die Hose und das Magazin gekotzt. Und was ich nicht wusste: Die Badezimmertür lässt sich nicht richtig abschließen! Prompt bekam ich auch noch Besuch. Ich habe versucht den Porno zu verstecken. Aber mach das mal, wenn du kotzend auf dem Klo sitzt. Kurzum, es war eine wirklich einmalige Szene: Mit runtergezogener und vollgekotzter Hose und einem Porno sitze ich auf der Toilettenschüssel, als es klopft und meine Mam fragt, ob ich ein Problem habe. Bevor ich überhaupt antworten kann, steht sie schon im Raum. =:-(

Diese an sich superpeinliche Situation entwickelte sich dann noch sehr witzig. Denn viel mehr Stress als ich hatte anschließend Onkel Bernhard. Tante Ruth blickte überhaupt nicht, dass ihr

Mann Pornos liest. Ich wurde eher noch bedauert, von wegen Jugendschutz, und es wäre ja völlig natürlich, dass ich beim Anblick von so etwas speien müsse. Zarte Seele und so. Ich habe kein Wort vom Porridge gesagt. Wir fuhren dann auch sehr schnell nach Hause. Im Auto fand Pa die Aktion plötzlich witzig und lachte dauernd. Aber vielleicht lag das auch an den Whiskys. Er hörte erst auf zu lachen, als Mam ihn fragte, was er denn so versteckt hätte. Wenn er noch einen Ton von sich gäbe, könne er laufen; sie wäre gestraft mit drei Männern.

Na ja, wie dem auch sei, so bald werden wir bei Onkel Bernhard und Tante Ruth wohl nicht wieder eingeladen. Und Geschenke aus der Richtung kann ich mir vermutlich in Zukunft abschminken.

Porridge kann ich seitdem jedenfalls nicht mehr sehen. Allein der Gedanke daran wirkt immer, selbst wenn ich »Fünf gegen einen« spiele. Ein Gedanke an Haferschleim – und ich kann wieder von vorne anfangen. In den Zeitungen liest man doch ständig, dass Männer zu früh kommen und Frauen auf »stundenlang« stehen, dafür bin ich jetzt gerüstet.

Aber dazu wird es sowieso nie kommen, denn ich werde Jungfrau bleiben und ungebumst sterben.

:-(Wenn ich dann schließlich im Sterben liege, werden die Frauen darum betteln, mit mir ins Bett zu dürfen, und ich werde Nein sagen. Nein! Zu spät! Ich brauche das nicht mehr. Ich stehe über solchen Dingen. Der Blitz soll in mich fahren, wenn ich jemals mein Gelübde brechen sollte. Ab sofort stehe ich auf innere Werte und werde Karriere machen: Wissenschaftler mit Nobelpreis, Bundeskanzler, Musiker oder gleich Papst. Vielleicht lege ich mir auch ein paar Pickel zu. Du hattest doch immer reichlich davon. Kannst du mir nicht ein paar leihen? Vielleicht einen von denen, die ständig links oben auf deiner Stirn saßen. Die hatten immer so eine ekelige weiße Kappe. Als sie aufgingen, gab's echt eine Überschwemmung. =:^)

Wenn ich dann völlig fettig-pickelig auf der nächsten Party auftauche, wird die Frauenwelt wissen, was sie an meinem momentan makellosen Körper verloren hat. Besonders Mareike. Aber wieso erwähne ich eigentlich gerade die? Ich brauche sie nicht. Soll sie doch mit Lars rumknutschen. Irgendwann wird sie betteln, mit MIR knutschen zu dürfen. Aber ich werde sagen: »Nein!« Wie in der Anti-Drogen-Reklame: Just say no!

Hey, Alter, du fehlst mir. Aber eigentlich auch wieder nicht. Es ist gar nicht mal so schlecht, für ein Jahr ohne dich zu sein. Da kann ich alle Weiber an unserer Schule alleine vernaschen. ***:-)**

Keine Panik. Ich werde dir ein paar für die nächste Klasse übrig lassen, wenn du aus Amiland zurückkommst. Die dicke Amanda oder Frederike, eventuell auch Ines – obwohl, nee, die hat zu dicke … du weißt schon.

Meine Eltern kommen, ich mach Schluss. Einen habe ich noch: Halt die Ohren steif. Wenn's nicht klappt, schmeiß ein paar Viagras mehr ein, dann reicht's auch dafür.

Grüße,

Luke

To: **thies (matthias.schulz)@golden-gate-friends.com**
Date: **Sat, 27. Feb 15:43:10**

Tag, Thies,
sei froh, dass du in den Staaten bist. Die Woche hier in Berlin war fürchterlich! **=:-(** Nicht nur dauernd

Regen und Schneematsch, sondern überhaupt. Ich fange mal mit der Schule an: Jetzt sitzt der dicke Björn doch neben mir. Das ist die Hölle! Der wackelt und vibriert ständig mit den Beinen unter dem Tisch. Wahrscheinlich macht er ununterbrochen an sich rum. Aber wie will man das der Frau Sauer erklären? Die sagte einfach nur: »Björn, der Platz neben Lukas ist ja frei. Bis Matthias aus den USA zurückkehrt, sitzt du da.« Tja, und seitdem sitzt und wackelt Björn da.

Hör mal, Thies, musste das wirklich sein? Das mit deinen Eltern? Hätte sich dein Vater nicht auch in Berlin einen neuen Job bei einer Pharmafirma suchen können? Langsam finde ich es echt beschissen. Und ein Jahr ist lang! **:-(**

Der nächste Hammer kam am Freitag. Englischtest beim Hilbinger. Unangemeldet! Ich hab mich sofort beim Schulsprecher erkundigt, ob das zulässig ist. Es ist.

Da der blöde Björn in Englisch ähnlich mies ist wie ich, war der Test natürlich tödlich. Wie soll ich ohne dich meine Drei in Englisch halten! **:-/** Ich hasse dich!

Tut mir übrigens leid wegen der Pickel in der letzten Mail. Ich weiß, dass du dafür nichts kannst, und eigentlich hast du ja auch kaum welche. Wirklich! ***:-)**

Aber jetzt der Höhepunkt der Woche: Mareike ist fest mit Lars aus der Oberstufe zusammen. Warum bloß? Ich verlange doch wirklich nicht zu viel vom Leben. Etwas wilden Sex, in Englisch jemanden zum Abschreiben und ein paar coole Leute, mit denen man fun haben kann. Und was bekomme ich? Einen dicken, furzenden Banknachbarn; einen besten Freund, der in Frisco herumhängt; Eltern, die einen im Badezimmer stören, wenn man gerade in der Badewanne liegt und sich vergnügt; sadistische Englischlehrer und sexuellen Notstand, der einen fast in den Wahnsinn treibt.

Eine Frage: Könnte es sein, dass Mareike nur mit Lars rummacht, um mich eifersüchtig zu machen? Wäre doch möglich! Denn obwohl sie offiziell mit Lars zusammen ist, hat sie mich vorgestern angelächelt und in der Pause sogar angesprochen. Verstehe einer die Frauen!

Ich hab jetzt keine Lust mehr. Werd noch ein wenig surfen. **:-)**

Luke

To: **thies (matthias.schulz)@golden-gate-friends.com**
Date: **Sat, 27. Feb 22:34:50**

Thies, die zweite.
Ich habe gerade so einen Forenanbieter gefunden. Eine Art Internet-Pinnwand, wo Leute ihre Meinung über Gott, die Welt oder ihr Hobby ins Net stellen. Hast du gewusst, dass es Menschen gibt, die Birkenstock-Sandalen erotisch finden – oder Frottee-Schlafanzüge? Das mit den Megatitts verstehe ich ja noch. Wenn ich dir ein paar Kostproben anbieten darf: Single Page, der schnelle Weg zum anderen Geschlecht; das ultimative FKK-Forum; das Vorhaut-Forum! Und dann das mit den armen Kerlen, die schon da sind, wo wir wahrscheinlich enden werden: Absolute Beginners. Schon (weit) über zwanzig Jahre alt und noch nie eine feste Freundin/einen festen Freund gehabt. **=:>(**

Sieh es dir mal selbst an. Witzig fand ich das Forum: Eltern, deren Kinder in der Pubertät sind, und umgekehrt. Dagegen sind meine problems mit den Alten direkt Kinderkram. Echt gut ist: Jungens, die zu Männern werden und Fragen haben. Der Link steht am Ende. Aber ehrlich, wie soll man da noch seine eigenen Erfahrungen machen? Irgendwas stimmt nicht. Die ganze Welt besteht nur noch aus Sex, alle treiben es ununterbrochen auf die unvorstellbarsten Arten. Nur ich nicht. Na ja, und du. :^)

Gibt es ein ungeschriebenes Gesetz, das besagt: Männer mit fast vierzehn Jahren dürfen keinen Sex haben? Nicht mal Schmusesex? Nicht mal eine Freundin? Gar nichts? Nur das klassische »Fünf gegen einen«, und das mit schlechtem Gewissen! Dabei will ich doch mit Mareike nur etwas herumpetten. Nicht mal Heavy-Petting, einfach Händchenhalten und so. ;-/

Also, ich mach Schluss, genug gesurft (meine Eltern kommen bald und da liege ich besser in meinem Bett). Ich schicke noch diese Mail ab und fahr dann die Kiste runter.

Ich hoffe, dir geht es besser!

Ciao,

Luke

To: **thies (matthias.schulz)@golden-gate-friends.com**
Date: **Sun, 28. Feb 19:33:16**

O Mann,
sag mal, in was für eine bizarre Welt bist du denn bei den Amis geraten? Du musst eine Schuluniform tragen? Und die durchsuchen euch am Eingang der Schule nach Waffen? Die haben sie doch nicht mehr alle. **§:>(**

Ich dachte, deine Eltern hätten sich für die Diplomatenschule entschieden, also diese internationale Schule. Anscheinend ja doch nicht. Erzähl mal genauer.

Gibt es wirklich den Schulhof mit dem Basket, die rappenden Gangster und diese komischen Schränke im Gang, und vor allem: Sehen die Mädchen in ihrer Schuluniform mit Rock und Bluse wirklich so scharf aus? Das muss doch klasse sein!

Aber wechseln wir das Thema, keine Ahnung, wieso mir das plötzlich durch den Kopf ging. **;-)**

Du fehlst mir auch!

Und was dein Heimweh nach Berlin angeht: Es

ist schließlich nur ein Jahr. Unsere nächsten Geburtstage feiern wir wieder zusammen und dann haben wir immer noch ein paar geile Jahre vor uns.

Du schreibst merkwürdigerweise so wenig Konkretes von Frauen. Bist du etwa in einer reinen Jungenschule gelandet?

Wenn ich ehrlich bin: Ich wäre gerne an deiner Stelle. Mensch, Thies, du fährst jeden Tag mit den geilen Cable Cars und auf Alcatraz warst du auch schon!

Neulich gab es in der Glotze einen Film über die USA. Da hieß es, dass die Menschen dort immer fetter werden, dass dic mittlere Cola inzwischen 0,6 Liter fasst, dass sich die Menschen bis zum Abwinken mit Burgern vollstopfen und dass überhaupt alles in den USA größer ist (bei den Frauen auch?).

Sorgen mache ich mir um dich und deine Figur. Du hast so begeistert von dem Frühstück mit Eiern, Speck und Bratkartoffeln (zum Frühstück!) berichtet, dass ich befürchte, du gehst auf wie ein Pfannkuchen! Mensch, Thies, denk daran, Dicke haben es bei Frauen schwerer und schwitzen mehr beim Sex!

Kaust du auch schon ständig Kaugummi? Pass auf dich auf.

Dein besorgter bester Freund

Luke

P.S. Dass dir Schwarzbrot fehlt, freut mich.

To: **thies (matthias.schulz)@golden-gate-friends.com**

Date: **Tue, 02. Mar 16:02:12**

Thies,

das ist ja wohl das Allerletzte! Wie hast du es wagen können, »Nasendorf«, »Mundwinkel« und »Ohrstadt« mit deinen Leuten anzugreifen! Noch dazu mit Elefanten! Du spinnst wohl! Überhaupt, was soll das? Sieben Spielzüge hintereinander zu machen, für mich mitzuziehen und meine gesamte Flotte zu versenken! Wenn ich die Züge gemacht hätte, okay. Wer sich mit seinen Schiffen zu weit von der Küste entfernt, ertrinkt eben! Aber ich hab das nicht getan! Daher verlange ich, dass wir beim Stand Game zwei.34.init weitermachen! **:-#**

Falls ich dich zu meiner Party eingeladen haben sollte, streich das! Du bist off limit! Um gleich noch eins zu klären: Nein, Mareike hat mich neulich in der Pause nicht gefragt, ob ich ihr und Lars ein paar Präser leihen könnte. Klar? Sie hat einfach so mit mir und Martin gesprochen. Ob wir wüssten, was in Mathe angesagt wäre. Und noch eins: Es ist mir scheißegal, was dir Paul gemailt hat. Es stimmt nicht, dass ich allen Frauen in der Klasse meinen nackten Hintern gezeigt habe. Das war anders! Mir war im Sportunterricht die Turnhose gerissen. Beim Sprung über diesen bescheuerten Kasten ist sie hinten lediglich etwas geplatzt. Das ist alles! =:-(

Keine Grüße,

Luke

P.S. Ach ja, wenn du noch versuchen solltest an diese Foren ranzukommen, forget it! Die sind alle geschlossen worden wegen Jugendschutz. Die Staatsanwaltschaft ermittelt.

To: **thies (matthias.schulz)@golden-gate-friends.com**
Date: **Wed, 03. Mar 17:43:12**

Tag, Thies,
ja, ich nehme deine Entschuldigung an. Und du bist auch wieder eingeladen zu meiner Party. Soll ich dir sagen, wer alles kommen wird? **:-)**

Sandra (sie ist übrigens nicht mehr mit Werner zusammen), Amanda, Joceline, Marie – ich soll dich immer noch knutschen und sie will deine E-Mail-Adresse! (Soll ich?) Dann natürlich die Zwillinge und die dicke Amanda, Frederike und noch ein paar Frauen. Mareike kommt auch, selbstverständlich ohne Lars. Ach ja, Kerle habe ich auch eingeladen. **=:<)** Mich!

Nein, mal im Ernst: Wäre es nicht doch möglich, dass du kommst? Immerhin werde ich vierzehn!

Wieso gleich alles zu sehen war, als meine Turnhose riss, fragst du. Weißt du das nicht? Ich trage seit drei Monaten keine Unterhosen mehr. **:-)** Ich habe gelesen, das würde einen knackigeren Po machen. Außerdem würden Frauen, wenn sie das merken (und bei meinem Knackarsch merkt das jede!), sofort hemmungslos spitz werden und mit einem ins Bett wollen. Deshalb trage ich keine Unterhosen mehr, auch nicht unter den Jeans. Am Anfang war das etwas ungewohnt, aber inzwischen kann ich es mir gar nicht mehr anders vorstellen. Ist echt cool, besonders im Winter. ;-)

Sei froh, dass du keinen älteren Bruder hast. Ich habe keine Ahnung, wie, aber Stefan hat das mit mir und Mareike rausbekommen. Lars und er gehen in dieselbe Klasse. Seitdem erzählt Stefan mir andauernd Details aus dem bewegten Liebesleben von Lars, mit denen der Sack anscheinend die ganze Klasse unterhält. Stell dir vor, nach Aussage von Lars haben er und Mareike es miteinander gemacht. Richtig! Vielleicht sollte ich Mareike doch nicht zu meinem Fest einladen. =:-#

Ist okay, ich glaube dir, dass du nicht fetter geworden bist! Kein Wunder bei dem Schulsportprogramm, von dem du geschrieben hast. Wollen die militärische Einzelkämpfer aus euch machen, oder was? Das klingt ja nach Grundausbildung bei der Bundeswehr! Aber ich bin echt beruhigt, dass es an deiner Schule auch Frauen gibt. Das Klassenfoto ist nett. Hast du das selbst eingescannt? Ich hab es ein bisschen vergrößert und mir die Frauen mal etwas näher betrachtet. Die zweite von rechts sieht gut aus. Dann die mit der Brille und den dunklen Haaren. Die erinnert mich an die eine aus »Beverly Hills 90210«. Heißt die zufällig auch Andrea? Wer ist Kathy, von der du immer schreibst? Ich warte auf Details.

Mein neuer Spielstand ist anbei. Okay, du hast gewonnen. Ich habe keine Flotte mehr und alles um »Ellenbogen« herum gehört jetzt zu den Herr-der-Ringe-Landen. Frieden?

Luke

To: **thies (matthias.schulz)@golden-gate-friends.com**
Date: **Fri, 05. Mar 18:34:34**

Mensch, Thies,
es geht um die Entsorgungsfrage. Was machst du eigentlich mit den vielen Taschentüchern? Unter der Matratze ist Mist, unterm Kopfkissen ebenso, denn meist schlafe ich anschließend ein und vergesse die Dinger – und irgendwann sind sie weg. Meine Mam sagt zwar nichts, aber was muss

sie von mir denken. Also, wenn du einen Tipp hast …

In diesem Sinne,

Luke

P.S. Heute Abend machen wir eine Herrenrunde mit Videos!

To: thies (matthias.schulz)@golden-gate-friends.com
Date: Sat, 06. Mar 20:42:12

Hey, Thies,
jetzt kommt echt die Hammerstory! Nimm dir etwas Zeit, mach dir eine Cola auf und genieße einfach. Wenn du danach immer noch von Heimweh nach Berlin geplagt sein solltest, kann ich dir auch nicht mehr helfen. **$:-(**

Am besten, du legst dir erst mal nette Musik auf. Zur Einstimmung. Kid Rock, HIM oder so was.

Folgendes:

Zeit:	Samstagabend
Ort:	Videothek
Personen:	Videomensch, Konstantin, Paul und ich. Später dann noch andere.

Vorgeschichte: Ich hatte mir von meinem Bruder den Videothekenausweis geborgt. Wir wollten, da Mam und Pa an dem Abend bei Bekannten waren, einen männermäßigen Videoabend veranstalten. Hatte ich dir ja angekündigt. Ohne Frauen, oder besser: ohne echte Frauen. Denn videomäßig hatten wir uns schon einiges vorgenommen. **:-)**

Ich weiß nicht, wie er das geschafft hat, und ich würde eher sterben, als ihn zu fragen, aber mein Bruder hat einen Erwachsenen-Videothekenausweis. Obwohl er erst sechzehn ist. Die Karte zu klauen war das kleinere Problem. Aber würden die in der Videothek etwas merken? Pustekuchen. Denen war das völlig egal. Also sind Kons, Paul und ich zu den Thrillern. Nachdem wir uns die »Schweigen der Lämmer«-Fassung ab achtzehn gekrallt hatten, schlenderten wir in die Pornoabteilung. Na ja, echt hammerhart, was da für Filme angeboten werden. Kons wurde richtig blass. Nur Paul tat so, als ob er das alles schon kennen würde.

Es dauerte eine Weile, bis wir uns auf zwei Filme geeinigt hatten. Da wir glaubten allein zu sein, waren wir auch nicht besonders leise. Ich meine mich sogar zu erinnern, dass Paul und ich eine kleine Debatte über Oralsex hatten. Also Vorzüge, Schwierigkeiten und so. =:<)

Na ja, wir gehen mit unserer Ausbeute zur Kasse und ich zahle. Da stehen plötzlich Mareike, Frederike und Amanda hinter uns.

Mein Gedächtnisprotokoll:

Mareike:

Hallo, Luke!

Luke:

Tag, Mareike!

Mareike:

Habt ihr euch doch noch einigen können?

Amanda:

Ich fand Pauls Vorschlag »Nackt im Frauenknast« interessant. Aber den Streifen habt ihr ja nicht genommen, oder?

Frederike:

Nee, dafür aber »Megabusen auf Mallorca«.

Videomensch:

Gibt es irgendwelche Probleme?

Paul:

Nee, wir, wir ...

Kons:

Ich weiß auch nicht. Die Filme da, die wollte Luke ...

Videomensch:

Darf ich bitte noch einmal den Ausweis sehen?

Luke:

Ich, ich meine, ja, natürlich ...

Amanda:

War ja ein echt aufschlussreiches Gespräch! Wir standen die ganze Zeit neben euch.

Frederike:

Auf der anderen Seite der Trennwand!

Mareike:

Blasen findest du also klasse!

Amanda:

Wir wollten uns auch einen Film ausleihen! Aber eher einen normalen.

Frederike:

Nicht so was Perverses!

Mareike:

Was ist denn, Luke? Zeig doch endlich den Ausweis. Dass du über achtzehn bist, sieht man dir ja eh an.

Amanda:

(kichert) Nur solltest du dich gründlicher rasieren!

Mareike:

So wie die Frauen in dem Film, den du zuerst unbedingt nehmen wolltest!

An dieser Stelle der Szene hab ich nur noch den Ausweis auf den Tisch geworfen und bin rausgerannt. Kons und Paul haben später bei mir geklingelt. Aber ich hab nicht aufgemacht. Mal wieder typisch. Andere fahren mit zwölf Jahren Auto, quer durch Europa, gehen ins Pornokino oder in die Nacktbar – und ich will mir ein Mal ein Pornovideo ausleihen und dann das! =:-#

Natürlich gibt es morgen Krach mit meinem Bruder, weil der Videothekenausweis weg ist. Paul und Kons, die Ratten, haben garantiert alles so gedreht, dass ich als Anführer dastehe. Ich traue mich kaum noch in die Schule. Das mit Mareike kann ich jetzt sicher auch vergessen. Und das Gleiche gilt für alle anderen Frauen, die ich zu meiner Party einladen wollte. :′-(

Wie ich Amanda kenne, wird sie das jedem, aber auch wirklich jedem in der Schule erzählen. Ich bin gesellschaftlich tot, gestorben, erledigt. Kann ich eventuell zu dir rüberkommen? Ich könnte mich ja auf irgendeinem Schiff als blinder Passagier einschleichen. Und dann fange ich in den USA unter neuem Namen noch einmal von vorne an.

Also, wenn du irgendeinen Rat für mich hast! Ich warte. **$:-(**

Grüße,

Luke

To: thies (matthias.schulz)@golden-gate-friends.com
Date: Mon, 08. Mar 15:35:34

Thies,
noch mal danke für deinen Anruf. Tat echt gut, deine Stimme zu hören. Aber an meiner beschissenen Lage hat sich leider nichts geändert. Es lief heute Morgen wirklich genau so, wie ich mir das vorgestellt habe.

Ich bin erledigt. Kaum stand ich im Klassenzimmer, fingen die Weiber an zu kichern und hörten nicht mehr auf, bis der Hilbinger reinkam. Und andauernd Briefchen mit netten Sätzen wie: »Lukas, Fachmann fürs Tuten und Blasen« – »Es saugt und bläst der Heinzelmann, wo Lukas sonst nur blasen kann«, usw.

Amanda fragte mich sogar, ob ich mir auch die Zähne geputzt habe, ich hätte so einen merkwürdigen Mundgeruch. Von Kons und Paul kamen auch nur Breitseiten. Ich hasse sie alle. §:-(

Mit ziemlichem Problem,

Luke

P.S. Ich habe dir den neuen Spielstand angehängt. Tut mir leid um deine Elefanten, aber du hättest besser aufpassen müssen.

»Helmets Klamm« heißt jetzt »Kniekehle« und gehört mir!

To: **thies (matthias.schulz)@golden-gate-friends.com**
Date: **Tue, 09. Mar 19:34:22**

Help!
Luke

To: **thies (matthias.schulz)@golden-gate-friends.com**
Date: **Wed, 10. Mar 20:44:16**

Tag, Thies,
heute geht es mir etwas besser. :-/

Ich hatte in der ersten großen Pause eine Schlägerei mit Arnold. Unabhängige Beobachter meinten, ich hätte nach Punkten gesiegt. Arnolds Ohr und Lippe bluteten, während ich nur einen Kratzer an der Stirn hatte. Aber Arnold hatte mir eine Flasche Mundwasser zum Gurgeln unter die Nase gehalten und gemeint, die wäre doch was für mich. Da bin ich ausgerastet.

Was komisch ist: Nach der Schlägerei ist alles irgendwie gelöster. Selbst die Frauen gucken mich wieder normal an. Jetzt muss ich nur noch mit meinem Bruder das Ausweisproblem klären, dann habe ich vielleicht auch wieder eine Zukunft. :-/

Ich werde Stefan vorschlagen seine Küchendienste für diesen Monat zu übernehmen. Das ist zwar nicht wenig, aber mit seinem älteren Bruder sollte man es sich nicht verscherzen.

Von irgendwem muss ich außerdem meine News über Mareike und Lars bekommen. Auf dem Schulhof munkelt man, dass Lars was mit dem Bauch von Leonore aus der Zehnten zu tun haben soll. Das muss doch Auswirkungen auf seine Geschichte mit Mareike haben!

Langsam kann ich wieder anfangen mir über die Party Gedanken zu machen. Kannst du nicht doch kommen? Und was unsere Wette angeht, wer zuerst welche anfasst: Vielleicht sollte ich Mareike aufgeben und mich auf Frederike konzentrieren. Die sieht klasse aus und nett ist sie auch noch. Kommt Zeit, kommt Rat, wie mein Onkel Wolfram immer sagt. – Übrigens, seit der Porridgegeschichte haben sich Onkel Bernhard und Tante Ruth tatsächlich nicht mehr gemeldet.

Eigentlich kotzt mich das alles an. Warum hat die Natur das so blöde gebacken? Da hat man sich gemütlich eingerichtet, sammelt Briefmarken, geht angeln, macht Radtouren, lebt glücklich und zufrieden – und plötzlich geht es los. Dir wachsen Haare zwischen den Beinen, der Kopf dreht ab und Frauen werden zu Wesen von einem anderen Stern.

Warum ist das so? Das Ganze soll doch bloß der Fortpflanzung und der Erhaltung der Art dienen – warum dann so kompliziert? Da frag ich mich doch wirklich, warum die Menschen nicht schon lange ausgestorben sind. **=:-&**

Ich kann mir das nur so erklären: Die Urmenschen haben das noch mit der Keule erledigt. Je klüger und höher entwickelt die Menschen aber wurden, umso mehr konnten sie die ganze Angelegenheit verkomplizieren. Und es werden immer mehr. Sicher hat das auch damit zu tun. Es gibt schon so viele Menschen, wenn es da ein paar nicht schaffen, sich einer Frau oder einem Mann zu nähern, wo ist das Problem? Also ich … ich weiß nicht mehr, was ich sagen will. **:`-(**

Ich will doch einfach nur mit Mareike zusammen sein. Von mir aus auch nur reden. Aber ich will, dass die Frau mich mag!

Verliebt,

Luke

To: **thies (matthias.schulz)@golden-gate-friends.com**
Date: **Fri, 12. Mar 16:54:23**

Hey, antwortest du mir nicht mehr? Ist was? Oder hast du Computerprobleme? Blöde Frage, wenn du diese Mail lesen kannst, natürlich nicht.

Ich warte!

Luke

To: **thies (matthias.schulz)@golden-gate-friends.com**
Date: **Sat, 13. Mar 10:12:33**

Sorry, alter Freund!
Es tut mir leid. Es tut mir wirklich leid. Ich weiß, ich habe in letzter Zeit etwas viel von mir und meinen Problemen erzählt. Aber ich hatte wirklich verdammten Mist am Hacken, das musst du zugeben. **:-/**

Das mit Kathy tut mir leid. Du bist dir sicher, dass sie keinen Freund hat, sondern einfach so jeden Kontakt mit dir ablehnt? Ich meine, sie ist in deiner Klasse, da kann man doch miteinander reden. Was soll dieses »Sie will sich aufheben«? Heißt das, sie will bis zur Heirat warten? Schwachsinn. Typische Ami-Idee. Mein Bruder meint, die hätten alle ein Rad ab. Dort gäbe es eine richtige Keuschheitsbewegung, just say no! In Sachen Sex und nicht in Sachen Drogen. Was soll denn das? Das ist eine normale Entwicklung und macht Spaß! =:-) Nichts, wofür der liebe Gott einen bestraft! Glauben die etwa noch, so wie wir früher, dass der Blitz in einen fährt, wenn man unanständige, Quatsch, wenn man richtig gute schweinische Gedanken hat? Oder dass man blind wird und Rückenmarkschwund vom exzessiven Wichsen bekommt? Das ist doch finsterstes Mittelalter.

Was ist denn das für ein Land, in dem auch das Internet so komisch geregelt ist? Du kommst echt nicht an diese Foren ran, von denen ich dir erzählt habe? Nicht mal an die für Jugendliche? Was für einen Provider habt ihr denn? Ich fasse es nicht. §:-#

Was hältst du davon, wenn ich dir ein paar Fragen und Antworten von den Foren, die für dich geschlossen sind, mit geilen Geschichten mitmaile? Ist kein Problem und die Antworten sind manchmal echt witzig.

Ach ja, vielen Dank für den Tipp mit den Socken. Eine wirklich praktische Idee – jeden Morgen gibt es neue.

Bei meinen Stinkfüßen kann ich sicher sein, dass niemandem etwas auffällt. Schluss mit den Taschentüchern.

Meine Mam wird sich wundern.

Grüße,

Luke

P.S. Ich hänge dir ein paar scharfe Pics, den neuen »Civilization«-Spielstand und zum Schnuppern mal ein Beispiel für die Fragen und Antworten aus einem Forum an. Viel Spaß!

Frage von Luis:

Hallo, Rainer,

bitte lösche diese Nachricht nicht, nur wegen der fehlenden E-Mail-Adresse! Bitte!

Ich habe wahnsinnigen Schiss, dass Leute, die ich kenne, hier vorbeischauen und mich erkennen. Ich hoffe, du hast dafür Verständnis, denn meine Frage ist absolut ernst gemeint!

Also folgendes Problem: Ich bin sechzehn und fühle mich im Vergleich zu meinen Freunden total unterentwickelt. Denen wachsen Bärte, während meiner sehr zu wünschen übriglässt (einen Monat nach der Rasur nur ein alberner Flaum). Das ist aber noch nicht so schlimm im Vergleich zu meinem anderen Problem: Ich bin fest davon überzeugt, dass mein Glied viel (!) zu klein ist! Wenn es steif ist, erreicht es nur lächerliche zwölf Zentimeter! Ich habe gehört, dass der Durchschnitt bei achtzehn Zentimetern liegt, und habe deshalb schon echte Minderwertigkeitskomplexe. Einige meiner Freunde machen außerdem wirklich dämliche Witze darüber ... Ich wage oft gar nicht, nach dem Sport zu duschen, weil ich mir vorstelle, wie die anderen gucken und heimlich grinsen ... Das macht mich echt fertig! Mein Selbstvertrauen ist gleich null! Was soll ich tun? Zum Arzt gehen?

Lässt sich meiner Entwicklung mit Hormonen auf die Sprünge helfen? Ist das gefährlich? Ich halte das nicht länger aus! Meine Eltern sind geschieden und mit meiner Mutter möchte ich nicht darüber reden. Ich weiß nicht, an wen ich mich sonst wenden soll ...

Antwort von Rainer Unselm, Diplompsychologe:

Hallo, Luis,

mir ist völlig klar, dass du dir Gedanken machst. Es ist auch klar, dass du dich mit deinen Freunden/Mitschülern vergleichst und »das Gleiche« haben möchtest wie die anderen. Aber ich wette mit dir: Wenn du dir, nur mal als Gedankenspiel, alle deine Klassenkameraden näher betrachten würdest, würdest du feststellen, dass es mit Sicherheit (!) viele Jungen mit denselben Problemen gibt.

Außerdem läuft die Pubertät ja bei jedem völlig unterschiedlich ab – bei jedem! Denk mal, was alles im Körper geschehen muss, damit dieser sich geistig und körperlich von einem Kind auf einen Erwachsenen umstellen kann. Das würde kein Computer der Welt hinbekommen. Zehntausende (!) von Vorgängen werden koordiniert, um aus dir einen Mann zu machen. Wenn du dieses komplexe Vorgehen mal mit einem Hauptbahnhof vergleichst, kämst du schnell darauf, dass auch dort mancher Zug später kommt. Was du schilderst, ist wirklich alles (!) als völlig normal zu betrachten.

Die Länge deines Penis ist nicht das Kriterium deiner Reife. Da ist zum Beispiel noch der Kopf. Deine Fähigkeit, in diesem Forum dein Problem so differenziert darzustellen, zeigt, dass du nicht gerade auf selbigen gefallen bist.

Und: Eine Penislänge von zwölf Zentimetern im erregierten Zustand ist völlig okay. Er wird mit Sicherheit in den nächsten ein bis zwei Jahren an Länge und Dicke noch etwas zunehmen. Unabhängig davon ist Penisgröße und -umfang für den Geschlechtsverkehr letztlich sowieso nebensächlich. Das die Frau erregende Organ, die Klitoris (auch Kitzler genannt), sitzt ja sozusagen vorne, vor den kleinen Schamlippen. Demnach würde theoretisch eine Penislänge von einem Zentimeter reichen, um ebenso gut Geschlechtsverkehr ausführen zu können wie mit einem »Riesenpenis«. Die Schlagzeilen in manchen Zeitschriften über die längsten Penisse der Welt sind lächerlich. Diese Maße sind sogar eher problematisch, weil ja die Geschlechtsorgane von Mädchen/Frauen diese Längen gar nicht aufnehmen könnten beziehungsweise es mit Sicherheit schmerzhaft wäre. Es gibt keine Festlegung, wie lang ein Penis in welchem Alter sein muss; und es ist hundertprozentig irrelevant für das Sexualleben!

Hast du denn den Eindruck, dass dich alle begaffen und angrinsen, oder kommt das tatsächlich vor? Aber selbst wenn, würde ich das Grinsen nur als billige Reaktion derer begreifen, die noch nicht wie du Probleme in Worte fassen können – vielleicht, weil sie selbst zu verunsichert sind.

Zu deinem Bart: Falls du in den nächsten zwei bis drei Jahren immer noch solch einen zurückhaltenden Bartwuchs haben solltest, könntest du dir überlegen, einen Arzt aufzusuchen. Aber das kannst du später selbst entscheiden, denn ein Symptom für eine krankhafte Fehlentwicklung oder eine »unterentwickelte Männlichkeit« ist es auch dann mit Sicherheit nicht. Ich wäre häufig froh, auf das lästige morgendliche Rasieren verzichten zu können, denn dann könnte ich beispielsweise länger schlafen.

Das ist ein ganz schön großes »Paket«, das ich dir da mitgebe. Bitte schreibe unbedingt, falls du dir weiter Gedanken machst oder etwas unklar geblieben sein sollte. Bis dahin

Grüße,

Rainer

To: **thies (matthias.schulz)@golden-gate-friends.com**

Date: **Sun, 14. Mar 11:22:45**

Tach, Thies,

ich sagte doch, diese Internet-Foren sind klasse! Viel besser als das Kurz-Gesumse in den Zeitschriften. Aber ich weiß wirklich nicht, ob ich deine Frage da reinstellen kann. Da müsste ich ja meine E-Mail-Adresse angeben und das könnte peinlich werden. Die Idioten, die es anonym versuchen, sind doch bloß naiv. Im Internet ist nichts anonym. Das hat mir erst neulich Stefan wieder erklärt. Jede Bewegung, jedes Surfen hinterlässt Spuren, die jemand entziffern kann, der sich auskennt.

Aber wenn dich meine Meinung interessiert **:-)**: Ich glaube nicht, dass man beim Vögeln, statt zu kommen, pinkeln muss. Ich habe Stefan dazu befragt (keine Panik, ich hab ihm gesagt, Arnold hätte mich das neulich mal gefragt), denn schließlich ist er ja, seiner eigenen Aussage nach, einer der größten Stecher vor dem Herrn. Dafür hasse ich ihn eigentlich, aber er hat wirklich alle zwei Monate eine Neue und diese gewisse Sache, die macht er auch. Obwohl ich mir das irgendwie echt nicht vorstellen kann. **/:-(**

Na ja, wie dem auch sei. Stefan meint, das regelt die Prostata, ein Teil in der Nähe der Blase. Sie ist ein Entweder-oder-Schalter: entweder Samen oder Urin. Und daher kann es nicht passieren, dass man pinkeln muss, wenn man einen Steifen hat. Also, Nerven bewahren! **;-)**

Ich finde es übrigens gut, dass du noch einmal mit Kathy gesprochen hast. Aber wenn sie eine dumme Kuh ist, dann ist sie eben eine dumme Kuh. Sie hat cinc Klatsche! Wenn sie nicht mal mit dir ’ne Cola trinken will – ihr Ding. Nicht deines! Es muss da drüben in Amiland doch noch andere Frauen geben! Was hältst du denn von der Andrea auf deinem Klassenfoto (ich weiß, dass sie nicht Andrea heißt)? Ich habe mir das noch mal rangezoomt und finde, sie sieht echt nett aus. So, als ob man mit ihr reden könnte.

Ähnlich wie Mareike, obwohl die natürlich viel besser aussieht. Übrigens, sie hat sich definitiv von Lars getrennt. Oder er von ihr. Ist aber auch egal. Ach ja, Lars hat doch nichts mit der Schwangeren aus der Zehnten zu tun. Sagt Stefan.

Also werde ich es jetzt noch einmal ernsthaft versuchen. So richtig mit Freundlichsein und Reden … =:<)

Was das Vorhaben erschweren dürfte: Die Sache mit der Videothek und die Prügelei mit Arnold sind inzwischen eine Art Selbstläufer geworden. Es gibt Leute, die ECHT glauben, ich hätte schon mal Oralsex gehabt. Von Martin habe ich gehört, man erzählt sich, ich hätte mir schon mal von einer Prostituierten einen blasen lassen. ICH!

Das Gerücht ehrt mich natürlich. Aber ich denke, auf Mareike dürfte es wohl eher eine abschreckende Wirkung haben. Ebenso wie der Ruf des Schlägers, den ich inzwischen an der Schule habe. :'-/

Ich werde sehen.

Inzwischen träume ich schon von ihr. Wenn wir zusammen wären, würde ich ihr glatt die Sterne vom Himmel holen. Ich glaube, mit Mareike würde ich mir sogar »Titanic« bis zum Schluss ansehen und dann heulen. Aber wehe, du sagst das weiter. §:-]

Hast du eigentlich noch Kontakt zu Paul? Ach ja, tut mir leid, dass du die letzten Pics nicht öffnen konntest. Vielleicht gibt es auch dafür bei den Amis irgendeinen Jugendschutz. Es waren jedenfalls echt tolle Bilder. Nicht mehr Wäschefotos, sondern echte Pornos. Ich hab da nämlich eine Homepage entdeckt, die wirklich super ist! Sie hatte zwar einen Alterscheck, aber das ist ja kein Problem. Ich habe mich einfach als mein Vater ausgegeben.

Langsam muss ich mich jetzt wirklich mal an die Gästeliste meiner Fete setzen. Es sind nur noch sieben Wochen und das Unternehmen will ja gründlich geplant sein. :-) Diesmal darf nichts schiefgehen.

Wollen wir die Wette übrigens nicht lieber vergessen? Ich hab schwer das Gefühl, dass ich bessere

Karten habe als du. Dass die Amis so prüde sind, hatte ich nicht bedacht. Da stehen deine Chancen wirklich beschissen.

Da wir schon bei »beschissen« sind: Meine Körperlichen haben inzwischen das Dynamit entwickelt und werden deine Herr-der-Ringe-Lande nun plattmachen. Du wirst merken, alle meine Soldaten sind durch diese Entdeckung plötzlich zu Musketieren geworden. Jetzt kann der Kampf losgehen! Halt die Ohren steif!

Grüße,

Luke

To: **thies (matthias.schulz)@golden-gate-friends.com**
Date: **Mon, 15. Mar 19:22:45**

Thies!

:-) Mareike liebt mich!!! **:-)**

Luke

To: thies (matthias.schulz)@golden-gate-friends.com
Date: Tue, 16. Mar 14:24:45

Tach, Thies,
aber gerne doch erzähle ich dir die News über Mareike und mich!

Gestern haben wir uns nach der Schule mit ein paar Leuten zum Inlinen getroffen. Du weißt schon, an dem Platz vor der Kunsthalle.

Martin war dabei, Paul und Svenja, Frederike, Jasmin und eben auch Mareike. Erst hingen die Frauen zusammen – das hat mich ja schon immer gestört. Wenn Frauen zusammenhocken, kriege ich kein Wort raus. Ich weiß nicht, aber bei solch geballter Weiblichkeit werde ich einfach unsicher und stammle irgendwann nur noch rum. Also hieß die Aufgabe: Wie erwische ich Mareike alleine? Denn eines weiß ich sicher: Wenn ich ihr alleine sagen kann, dass ich sie LIEBE, dann gesteht sie mir bestimmt das Gleiche. Vielleicht nicht sofort, aber wenn ich es ihr sage, geht sicher irgendwo in ihr eine Klappe auf und sie merkt ihre Liebe zu mir. Das mit Lars war ja nur, weil sie nicht wissen konnte, wie es bei mir aussieht. **=:-}**

Erst wollte ich Mareike anrufen, aber das erschien mir doch etwas heftig. Stell dir vor, bei dir klingelt das Telefon und irgendjemand, den du kennst, sagt dir einfach so: »Du bist meine Traumfrau, äh, mein Traummann. Ich muss immer an dich denken. Wenn ich Sex habe, denke ich nur an dich. Du bist der Mann meines Lebens! Ich liebe dich!«

Wie würdest du da reagieren? Sicher nicht, wie dein Anrufer es sich erhofft. Eine weitere Schwierigkeit ist, dass ich mir zwar sicher bin, dass Mareike mich tief drinnen liebt, aber sie weiß es, glaube ich, selber noch nicht. Ich muss ihr die Augen öffnen und das, denke ich, habe ich gestern getan.

Denn heute, da hat sie mich ganz anders angesehen. Tiefer, liebevoller. So, als hätten wir ein gemeinsames Geheimnis. =:<)

Aber eins nach dem anderen. Also passiert ist gestern Folgendes: Wir waren inlinen vor der Kunsthalle. Paul zog seine üblichen Dinger ab: Sprünge, der Slide übers Geländer und so. Da wollte ich dann auch mal was zeigen und das ging natürlich schief. Die Stufe war zu hoch und ich fiel voll auf die Fresse. Irgendwie habe ich mir dabei den Knöchel verdreht – trotz der Protektoren. Weiterfahren war nicht mehr. Die anderen wollten aber noch zum Marlene-Dietrich-Platz. Jedenfalls habe ich gesagt, ich kann nicht mit, weil mir der Knöchel wehtut. Die anderen wollten trotzdem gehen, nur Mareike sagte, sie bleibt bei mir! Bei mir! Wortwörtlich!

Ja, und da saßen wir dann auf der Mauer an der Potsdamer Straße und redeten! Gut, anfangs habe ich gestammelt und nur Bockmist erzählt, aber dann haben wir richtig getalkt. Sie erkundigte sich nach dir und ich erzählte ihr, wir würden uns mailen. Das fand sie klasse und plötzlich sagte sie mir die Firmen-Mail-Adresse ihrer Mutter. Ich könnte ihr ja auch mal was mailen. Ihre Mutter würde das dann runterladen und mit nach Hause nehmen. Denn zu Hause hätten sie zwar einen alten Compi, aber keinen Netanschluss. Außerdem hätte sie noch nie elektronische Post bekommen. Ob das wirklich so wäre wie in der Werbung? Eine Stimme, die sagt: »Sie haben Post!«

Na ja, so gab ein Wort das andere und ich musste mich echt bremsen. Ich habe nur ein bisschen erzählt, wie toll ich bin. Was ich alles so mache, Lesen, Theaterspielen, Kleine-Kinder-Beschützen, und dass ich unter anderem Namen letztes Jahr den

Wettbewerb »Jugend forscht« gewonnen hätte – mit meiner Weiterentwicklung eines kleinen lenkbaren Lego-Roboters. **:-)**

Dass ich bei »Jugend trainiert für Olympia« dabei war und fast ins Schwimmfinale gekommen bin, hab ich mir verkniffen. Ebenso, dass ich im Schwimmbecken Franziska van Almsick kennengelernt habe. Wir haben einfach toll geredet und ich denke, Mareike liebt mich nun. Ich meine, sie MUSS mich nun lieben. **:-)** Ich würde den Kerl, der mir das alles erzählt hätte, jedenfalls lieben. Und in diesem Fall bin ich dieser Kerl.

Ich hab ihr nicht gesagt, dass ich sie mag oder liebe, ihr auch bewusst keine Komplimente gemacht. Nur, dass sie toll skaten kann. Ja, und nach einer halben Stunde musste sie heim, es war ja schon fünf.

Das war's. Also, was ist? Hab ich das nicht sauber hinbekommen?

Bald am Ziel,

Luke

To: **thies (matthias.schulz)@golden-gate-friends.com**
Date: **Thu, 18. Mar 20:44:35**

Hey!
Was soll das heißen, ich hätte die Sache vermasselt? Das mit »Jugend forscht« wird sie sicher nicht überprüfen. Wo kämen wir denn da hin? Und dass ich kleine Kinder beschütze, war nicht ganz gelogen. Das habe ich schon mal gemacht. Gut, ich war nur einmal im Theater, als Besucher, nicht als Darsteller. Und das mit dem Schwimmen habe ich ja nicht wirklich gesagt. Du hast jedenfalls keine Ahnung von Frauen. Kein Wunder, dass das mit Kathy nichts geworden ist, du bist da völlig falsch rangegangen. =:-/

Nimm dir mal ein Beispiel an mir. Ich habe Mareike Raum gelassen, ihre Liebe zu mir zu entwickeln. Das war's. Der Rest dauert jetzt nicht mehr lang. Die Wette hast du verloren. Es ist nur eine Frage der Zeit, bis auch ich sagen kann: »Ich hab's geschafft!«

Und auf MEINER Party werde ich mit MEINER Freundin tanzen und in der Nacht Sex haben! So läuft das Leben. =:-)

Der größte Luke aller Zeiten

To: **thies (matthias.schulz)@golden-gate-friends.com**
Date: **Wed, 24. Mar 13:22:45**

Hallo, Thies,
du kannst aufhören mich mit Mails zu bombardieren. Du hattest Recht und ich werde weiterhin Handarbeit machen müssen. Dabei war die Sache fast perfekt! **§:<[**

Du hast richtig vermutet, Mareike ist wieder mit Lars zusammen. Diese falsche Schnecke – und mir die tiefen, schmachtenden Blicke zuwerfen!

Tut mir leid, dass ich auf deine letzten vier Mails nicht geantwortet habe, aber ich hatte eine kleine Krise, seit ich Sonntag Mareike mit Lars knutschend im Eiscafé getroffen habe. Die kleine Krise wurde am Montag groß, als plötzlich der alte Lindberg in der Schule verkündete, er habe gehört, es gäbe in der Klasse jemanden mit einem großen Geheimnis, jemanden, der zu bescheiden sei, um seine wahre Begabung zu offenbaren … Als er dann noch »Jugend forscht« erwähnte, wusste ich, wo der Hammer hängt. Ich versuchte noch auf »Mir ist schlecht« zu machen und abzuhauen, aber keine Chance: Ich war fällig und habe gleich gestanden, das wäre alles nur ein Scherz gewesen. Aber das kam nicht gut an.

Ich glaube, zur Abwechslung habe ich es mal wieder bei Mareike verschissen. Aber diesmal total, fetter noch als mit der Videogeschichte. Die Frau guckt mich nicht mal mehr mit'm Arsch an. §:>(

Ich hasse die Welt. Ich meine, was verlangen die denn alle? Eine kleine Lüge! Die sollte ihr doch nur helfen endlich ihre Liebe zu mir zu entdecken! Mehr nicht. Ich wollte ihr weder an die Wäsche noch wollte ich aufschneiden. Ich wollte einfach nur, dass sie mich mag! Ist das wirklich zu viel verlangt? Ich freue mich echt darauf, endlich zwanzig zu werden und mit Sex und Frauen nichts mehr am Hut haben zu müssen. So langsam kotzt mich das alles an. Darf ich denn keinen Spaß mehr haben? Dann soll der liebe Gott doch gleich einen Stein auf mich schmettern und verkünden: Rote Karte für Luke! Das wäre fair. Dann wüsste ich, woran ich bin!

Mich ödet mein Leben an!

Luke

P.S. Ich habe zur Abwechslung mal wieder meine Musketiere bewegt und eine neue Stadt gegründet.

»Im Arsch« heißt sie und ich werde dort nur tolle Sachen wie Schwerter, Kohle, Atombomben (wenn sich meine Körperlichen so weit entwickeln werden) sowie Galgen bauen. Dass du meine Insel »Gehirn« eingenommen hast, finde ich mies von dir. Aber ich werde mein »Hirn« zurückerobern. Du bist am Zug, Thies.

To: **thies (matthias.schulz)@golden-gate-friends.com**
Date: **Sat, 27. Mar 14:34:29**

Hey, Thies,
schön, dass es wenigstens dir gut geht. Hast du ein Foto von Cindy? (Warum enden scheinbar alle Frauennamen in den USA auf y?) Und du bist dir sicher, sie mag dich? Ich meine, hast du sie darüber aufgeklärt, was auf sie zukommt? Ein Psychopath mit einer Veranlagung zum Massenmörder! Drückt man dir eine Kettensäge in die Hand, kann doch alles passieren. Und dann die Pickel, ich bin mir sicher, die kommen alle zurück. **;-)** Einmal pickelig, immer pickelig! Wenn dir irgendwann wider

Erwarten ein Bart wachsen sollte, werden es noch mehr. Verwachsene Barthaare verursachen die gemeinsten Pickel überhaupt! Weiß ich von Stefan.

Du schreibst, du hättest jetzt mit Bodybuilding angefangen. Langt dir deine Grundausbildung in der Schule nicht mehr? Willst du wirklich zum Muskelmann werden? **:-O** So ein echter California Dreamboy? Viel Glück, dann steht dir ja eine tolle Karriere als Stripper bevor. Mehr schaffst du nicht, denn du weißt ja, entweder Muskeln oder Hirn. Beides zusammen geht nicht. Oder kennst du einen Gegenbeweis?

Das ist wie mit den Frauen. Manche sehen echt klasse aus, aber wenn sie den Mund aufmachen, schrumpft dir alles in der Hose. Wobei …

Neulich saßen mir zwei Weiber im Bus gegenüber. Beide mit klobigen Plateaustiefeln und in diesen ekelhaft metallisch schimmernden, elastischen Hosen. Die waren so eng, die schoben sich im Schritt richtig rein. Du weißt schon, Muschihosen. Man sah echt ganz genau, dass beide nichts drunter hatten. Obenherum war es noch schlimmer. Ich hasse diese durchsichtigen Plastikklamotten, durch die man die Unterwäsche sieht. Das ist obszön! **§:<(**

Ob ich wollte oder nicht, ununterbrochen waren ihre BHs in meinem Blickfeld. Dann waren beide noch geschminkt, richtig knallrote Lippen und überhaupt. Absolut abstoßend! Ich wollte andauernd wegsehen, aber es ging nicht.

Und was die alles erzählten. Gut, beide waren sicher über sechzehn, aber trotzdem. Von ihren Freunden, deren Autos und auf was für geile Partys sie immer gehen würden. Die eine meinte, ihr Freund wolle mit ihr mal einen Swingerclub besuchen. Und dass sie dazu keine Meinung hätte! Stell dir das mal vor! Der Typ verlangt von dieser dummen Schnepfe Partnertausch und sie ist zu blöd, ihm dafür den Laufpass zu geben! Wahrscheinlich, weil er ein Auto hat. =:-/

Ich würde bei so einer Braut nie auch nur auf die Idee kommen, nach anderen Frauen Ausschau zu halten!

Und jetzt halt dich fest. Die andere antwortete daraufhin, wieso denn nicht? Anderen zuzusehen oder fremde Pärchen einem zusehen zu lassen wäre doch okay, nur Tausch wäre Scheiße. Ich dachte, ich sterbe.

Zum krönenden Abschluss meinte die eine, sie wären nun da und müssten aussteigen, der Wäscheladen wäre gleich vorne um die Ecke, und wie nett es von der anderen wäre mitzukommen. Denn sie wolle doch ihren Freund mit richtig scharfen Dessous überraschen und die könne man allein nur schwer aussuchen.

Wenn ich nicht im Bus gesessen hätte, hätte ich mich von ihm überfahren lassen. Hey, Thies, ich konnte zwei Nächte lang nicht schlafen und musste sogar wieder auf Taschentücher zurückgreifen. An zwei Füßen hat man eben nur zwei Socken. Ich hätte meinen Kopf oder was auch immer dafür gegeben, bei der Anprobe dabei zu sein. Warum haben die mich nicht gefragt, ob ich mitkomme? Ich hätte sie echt gut beraten können!

Das Leben ist so sinnlos.

Luke

P.S. Ach ja, heute Abend gehe ich auf eine Party. Kons hat Geburtstag. Wahrscheinlich gibt es heiße Schokolade und wir spielen Topfschlagen. =:-{

To: **thies (matthias.schulz)@golden-gate-friends.com**
Date: **Sun, 28. Mar 07:23:34**

Thies,
wenn du das liest, dann antworte so schnell wie möglich. Ich gehe heute Nachmittag noch einmal online.

Gestern hast du echt was verpasst. Also die Party bei Kons. Du wunderst dich vielleicht, warum ich nach einer Party schon so früh an der Kiste sitze, aber Geduld.

Angefangen hat alles ganz normal. Also rumstehen, Kinderbowle trinken und zwischendurch mit Arnold rüber in den anderen Kellerraum und etwas vom Rumtopf naschen. Also nur die Früchte.

Falls du dich wundern solltest: Arnold und ich haben uns inzwischen wieder vertragen. Ist eigentlich ein ganz netter Typ. Da wir einander eine gewisse Berühmtheit an der Schule verdanken, kommen wir momentan prächtig miteinander aus. Was natürlich nicht heißen soll, dass Arnold dich ersetzen könnte. Er ist ein Idiot und du, na ja, du bist auch ein Idiot, aber eben ein anderer. Am Ende des

Abends war Arnold voll und hat in den Garten gekotzt. Aber wo war ich?

Also, angefangen hat es wie sonst auch. Doch dann sollte Kons die Geschenke auspacken. Nee, das kam eigentlich erst später. Zuerst wurde getanzt. Also nicht alle, sondern nur die Frauen miteinander. Mich hinderte meine alte Kriegsverletzung daran, sonst hätte ich natürlich mitgemacht. Du weißt ja, wie gerne ich tanze. **;-]**

Irgendwann war dann, wie gesagt, Arnold betrunken. Denn außer mit mir war er auch noch mit ein paar anderen Jungs am Rumtopf gewesen. Zwischendrin verschwanden Frederike und Joseph ein paarmal hoch in den Garten und irgendwann kam Frederike heulend zurück. Daraufhin gingen Marie und Amanda hoch, Joseph kam ziemlich geknickt zurück und kurze Zeit später Amanda. Dann ging Joseph wieder hoch und blieb weg, Marie ebenso. Und Frederike heulte. Ich denke, da wurde eine Beziehung beendet und eine neue begonnen, aber genau weiß ich es nicht. ***:-)**

Kurz nach zehn bekam Kons seine Geschenke. Erst das Übliche, also CDs, angeblich witzige Bücher, Staubfänger und all das. Aber dann kam der Hit. Du weißt doch, dass Kons immer von Bräuten und Puppen redet. Das ist wichtig, denn du glaubst nicht, was Amanda, Frederike, Mareike (sie hatte Lars tatsächlich nicht mitgebracht) und Jasmin für Kons als Geschenk hatten.

Halt dich fest: Kons packte freudig aus und wurde plötzlich absolut blass. Ein hautfarbener Plastiklappen war in dem Karton, der sich unschwer als aufblasbare Sexpuppe entpuppte. Wir waren alle völlig fertig. Ich meine, ich hätte nie geglaubt, dass Frauen so gemein sein können. Der arme Kons!

Amanda verkündete dann noch, dass Kons doch immer von geilen Bräuten und sexy Puppen labern würde. Daher hätten sie gewusst, dass sie ihm damit eine Riesenfreude machen würden. Außerdem würde er sie an Bud Bundy erinnern und der wäre ja auch immer sehr glücklich mit dieser Art von Freundinnen.

Kons brachte die ganze Zeit kein Wort heraus. Werner sagte irgendwann, dass er das mies fände und jetzt gehen würde. Zu diesem Zeitpunkt fing Kons an zu heulen und schloss sich im Klo ein. Das wiederum bekamen seine Eltern mit. Als die die Puppe sahen, war Schluss mit lustig. Innerhalb von zwei Minuten war die Party vorbei. Tja, wir saßen dann noch etwas im Stadtpark am Spielplatz herum, die Frauen drüben und wir an der Wippe.

Ist das nicht der Hammer! Stell dir mal vor, dir passiert so was. Wenn Kons sich jetzt aufhängt, ich würde ihn verstehen. Bitte melde dich!

Frauen sind keine Menschen! Ich werde ab jetzt tierisch aufpassen, was ich sage. Mein nächster Geburtstag kommt bestimmt.

Luke

To: **thies (matthias.schulz)@golden-gate-friends.com**
Date: **Sun, 28. Mar 16:17:34**

Warum antwortest du nicht?

Luke

To: thies (matthias.schulz)@golden-gate-friends.com

Date: Sun, 28. Mar 20:34:33

Na endlich! Ich sagte doch, unglaublich!
Aber alles der Reihe nach, ich hatte ja keinerlei Ahnung, dass ihr einen Ausflug gemacht habt. War es toll in dem Nationalpark?

Zu 1: Was soll das heißen, ich hätte bei den Bräuten im Bus nicht aufstehen können, weil es sonst eng geworden wäre? Ja, stimmt, aber ich habe mir die beiden nur deshalb so ausgiebig angesehen, weil ich das alles nicht glauben konnte. **=:-]**

Zu 2: Ja, ich weiß mittlerweile, woher die Frauen die Puppe hatten. Amandas Bruder hat sie ihnen besorgt. Der ist zwanzig. Das habe ich von Frederike beziehungsweise von Arnold und der hat es von Frederike.

Zu 3: Ich habe inzwischen versucht mit Kons zu telefonieren, aber sein Vater sagt, er wolle mit niemandem sprechen.

Zu 4: Es gibt eine Vorgeschichte. Und die kenne ich auch über die Arnold-Frederike-Connection. Kons hat sich neulich auf einer Party (weder wusste ich von der noch war ich eingeladen **§:-(**) echt heftig an Amanda rangemacht. Angeblich soll er sogar versucht haben gegen ihren Willen ihre Dinger anzupacken. Unterm T-Shirt. Als sie ihm das verwehrte, hat er irgendwas Übles gesagt. So übel, dass Arnold es nicht wiederholen wollte. Deshalb die Puppe. Aber der Hammer bleibt es trotzdem. Wenn ich da an meine Videogeschichte denke …

Zu 5: Wer Jasmin ist? Die kam Ende Januar neu in unsere Klasse, sieht gut aus, ist aber nichts für mich. Ich glaube, ihr Vater ist Grieche, Ägypter oder so. Ehrlich gesagt, sie sieht sogar verdammt gut aus. Aber nicht mein Typ.

Zu 6: Was die solidarische Männerrevanche angeht, ja, wir haben darüber gesprochen. Aber außer demnächst nur noch gigantische Vibratoren zu verschenken fiel uns erst mal nichts ein. Und woher nehmen, wenn nicht stehlen?

Was macht eigentlich Cindy? War sie mit auf dem Ausflug?

Völlig ermattet und aufgewühlt,

Luke

To: **thies (matthias.schulz)@golden-gate-friends.com**
Date: **Fri, 02. Apr 15:45:34**

Tag, Thies,
wundere dich bitte nicht, dass ich dir aus der Schule maile. Ich bin nur wegen dir in die Computer-AG eingetreten, weil zu Hause Krach ist. §:-(

Meine neue Adresse ist lukemoser@berlin-schulnet.de. Wärst du so freundlich und würdest deine letzten Mails noch einmal an diese Adresse schicken? Nach der von Sonntag hab ich keine mehr bekommen.

Folgendes ist passiert: Ich habe dir doch erzählt, dass ich auf dieser einen Homepage war. Der mit den Pornos. Da gab es einen Alterscheck, für den sie eine Kreditkartennummer verlangten. Die schrieben extra, das wäre nur wegen des Jugendschutzes und nicht etwa, weil der Besuch der Homepage etwas kosten würde.

Also hatte ich aus der Geldbörse meines Vaters die Kartennummer abgeschrieben und mich eingeloggt. Na ja, nun bekam mein Pa am Montag seine Kreditkartenabrechnung. Da tauchten für »Adult Sexy Cats« 140 Dollar auf. Mein Pa regte sich unglaublich auf und rief sofort bei seiner Bank an. Zufällig war ich im Nebenzimmer und konnte mithören. Irgendwann fiel der Satz: »Leider ist mein Sohn schon zu groß, um ihn zu verprügeln!« Da wusste ich, was Sache ist (Stefan ist ja Computermuffel).

Ich wollte mich sofort verpissen, aber mein Pa passte mich an der Tür ab und fragte, was das solle – und so kam alles raus. Denn er hatte daraufhin natürlich nichts Besseres zu tun, als sich mal genauer mit seinem PC zu beschäftigen. Irgendwer hatte ihm gesteckt, es gäbe da einen Ordner »Verlauf«. Dort würde abgespeichert, wo man sich in den letzten Wochen im Internet rumgetrieben hat.

Das war es dann. Ich habe für ewig und länger Internetverbot! Die 140 Dollar muss ich armes Schwein abstottern. Mam will, dass ich zu einem Sexualtherapeuten gehe, und Pa würde mich gerne ins Internat stecken. Zum Glück verdient er als kleiner Angestellter dafür zu wenig. :-/

Thies, du glaubst es kaum – jeden Klick, den ich irgendwo gemacht habe, konnten meine Eltern nachvollziehen. Vom »Big Guns Forum« rüber zu den »Black Nudes« und so weiter. Ich bin nur froh, dass lediglich die letzten zwei Wochen abgespeichert wurden. Wenn ich daran denke, wo ich vor einem Monat gesurft bin …

Zum Glück habe ich mir deine Mails immer auf Diskette runtergeladen. Ein paar von den Pics konnte ich ebenfalls retten, die waren auch auf Disc. Aber ob ich das mit Mam und Pa und deren Computer jemals wieder hinbekomme, ist fraglich. Stefan findet die ganze Angelegenheit witzig, er hat sich einen halben Ast abgelacht und meinte nur, er hätte mich ja gewarnt. Und Dummheit müsse bestraft werden. Na toll, ich hatte echt nicht gedacht, dass die Geld wollten. Die Computer-AG findet immer dienstags und freitags statt, also richte dich danach!

Ein schönes Wochenende und Grüße an Cindy.

Dein angeschlagener Luke

To: thies (matthias.schulz)@golden-gate-friends.com
Date: Tue, 06. Apr 15:34:33

Tach, Thies,
also gegen deine News stinke ich ja fast ab. Cindy war echt mit euch auf dem Ausflug! **=:<o**

Ich fasse es nicht, dass ausgerechnet du das hinbekommen hast. Ich versuche seit Ewigkeiten an Mareike ranzukommen, wenigstens einmal ein Date mit ihr zu haben, aber nichts da! Und du schaffst es, mitten im prüden Amiland mit einer Frau ins Weekend zu fahren, die auf »say no« schwört und sich bis zur Hochzeit aufheben will. Unglaublich!

Gut, dass dein Pa und die Eltern von Cindy Kollegen sind, beruhigt mich etwas, aber so einen Dusel hat man einfach nicht. :-/ Warum arbeiten mein Pa und der von Mareike nicht auch zusammen?

Und ihr wart wirklich in der Bucht von San Francisco segeln? Abends Sonnenuntergang auf der Terrasse von Cindys Eltern? Ich hasse dich. Das Einzige, was mich noch am Leben hält, ist, dass trotzdem nichts passiert ist. Oder anders gesagt, dass du es vermasselt hast.

Mensch, Thies, so eine Chance, die kommt nie wieder! Das war filmmäßig – und im Kino gehen die dann nie in getrennte Betten. Schäm dich. =:^/

Aber immerhin habe ich noch eine kleine Hoffnung, die Wette mit den Dingern zu gewinnen. Warum? Mein Geburtstag naht!

Hey, ich will auch in die USA! Können deine Eltern mich nicht adoptieren? Ich bin ganz pflegeleicht. Ich brauche nur täglich frische Socken.

Aber Themenwechsel. Ich habe das Gefühl, seitdem du weg bist, gehe ich vor die Hunde. In Englisch stehe ich inzwischen auf 4,5. Tendenz steigend. Immerhin habe ich den dicken Björn weggeekelt. War ein Stück Arbeit (ich habe ihm ungefähr alle fünf Minuten zugeflüstert, dass er stinkt), aber es hat geklappt.

Mein Bruder hat schon wieder eine neue Freundin – eine finnische Austauschschülerin. Nach seiner Aussage gut im Bett, was immer das heißen soll. Ältere Brüder sind fürchterlich. Sei froh, dass du ein Einzelkind bist.

Tja, was kann ich dir noch erzählen? Kons war drei Tage krank. Kann ich gut verstehen. Seit Donnerstag ist er aber wieder da und tut, als wäre nichts gewesen. Alle anderen machen es genauso. Kein Wort, keine Anspielung. Ich denke, da haben Kons' Eltern Druck gemacht. Bei meinen Alten haben sie nicht angerufen. Aber von Arnold weiß ich, dass sie bei Frederikes Eltern angeklingelt haben. Ich denke, selbst den Frauen in unserer Klasse ist die Sache etwas peinlich. Ach ja, Arnold und Frederike sind jetzt ein Duo.

Was sonst noch? Meine Eltern fangen ganz langsam an sich zu beruhigen. Pa findet die Sache mit der Kreditkarte inzwischen ganz witzig und meint, ich wäre anscheinend etwas frühreif. Am liebsten hätte ich ihm geantwortet, dass sich seit seiner Jugend einiges geändert hat. Dass wir heute eben früher sexuell reifen und ich nichts dafür kann, dass er sich seinen ersten »Playboy« erst mit sechzehn gekauft hat. Aber damit hätte ich bestimmt keine Sympathiepunkte gewonnen.

Laut neuesten Untersuchungen sind Großstadtkinder zwischen neun und dreizehn Jahren bereits geschlechtsreif. Und damit ist nur das gemeint, was im Körper passiert, nicht das im Kopf.

Eine Frage noch, wer war eigentlich am Zug? Die Körperlichen oder die aus den Herr-der-Ringe-Landen?

Gemischte Grüße,

Luke

To: **thies (matthias.schulz)@golden-gate-friends.com**
Date: **Fri, 09. Apr 16:22:42**

Thies, du Weichei!
Es wäre trotzdem schön mit Cindy gewesen! Bist du krank oder inzwischen auch bei »say no«? Da kannst du mir noch so oft sagen, es wäre romantisch gewesen. Du hast es vermasselt. **:-]**

Danke für den neuen Spielstand. Deine haben also inzwischen endlich das Rad entwickelt. Gratuliere.

Beschäftigt,
Luke

To: **thies (matthias.schulz)@golden-gate-friends.com**
Date: **Tue, 13. Apr 14:55:45**

Alter,
keine Panik, ich habe dich nicht vergessen! Aber nicht jeder bekommt die Frauen auf einem silbernen Tablett serviert. Manche müssen dafür kräftig ackern.

Zu 1: Ja, ich verfolge mein Partyprojekt noch und es sieht gut aus. :-) Für den magischen Abend haben alle zugesagt: einundzwanzig Leute. Ich hab eine ungerade Zahl gewählt, damit garantiert eine für mich übrig bleibt. Außerdem ist für eine weibliche Überzahl (dreizehn zu acht) gesorgt. Da sich bislang keine unserer Mitschülerinnen als lesbisch geoutet hat, muss, selbst wenn alles schiefläuft, eine für mich frei sein. Natürlich habe ich auch Mareike eingeladen, ansonsten das »Best of« unserer Klasse und des Jahrgangs.

Zu 2: Meine Eltern konnte ich zwar nicht weichkneten, aber dafür habe ich mit Stefan einen Deal gemacht (plötzlich hat auch er Interesse am Internet). Mein Computer wandert auf seinen Schreibtisch, er kauft eine Modemkarte und wir klinken uns über Pas Fax ins Telefonnetz ein. Natürlich können wir nur, wenn Mam und Pa weg sind, online gehen. Aber was soll's. Die Providerrechnung läuft über einen seiner Freunde, also wunder dich nicht, wenn ich dir demnächst unter anderem Namen und neuer Adresse maile.

Der unfassbare Vorteil bei der Geschichte: Sein Kumpel ist über achtzehn, das heißt grenzenlose Internetfreiheit! Na, was sagst du jetzt? Der Nachteil bei dem Deal ist, dass Stefan von mir verlangt zwei Drittel der Rechnung zu übernehmen, aber was bleibt mir anderes übrig? Immerhin, manchmal ist ein älterer Bruder ganz nützlich.

Meine Eltern glauben mich nun glücklich ohne Internet. Sie denken, ich werde bis in alle Ewigkeit in die Computergruppe der Schule dackeln, um mich dort unter Aufsicht den Kinderangeboten zuzuwenden. Tja, Eltern eben. **=:-}**

Zu 3: Ich finde das natürlich toll mit Cindy. Ehrlich. Und es tut mir leid, falls ich dich gekränkt haben sollte. **;-(**

Nur, das ist so ein ganz anderer Thies – ich hab mir dich nie als Romantiker vorgestellt, mit Händchenhalten und Sonnenunterganganseehen, ohne jeden Fummelversuch. **=:<)**

Ich habe dich eher als Frauenhelden schlechthin in Erinnerung. Ein Ladykiller! Denk nur an unsere Wette. Ist das alles schon vergessen und vorbei? Gut, wenn das so ist, auch okay. Aber ich für meinen Teil will endlich wissen, wie sich diese Dinger anfühlen. Verdammt noch mal! Danach würde ich mich ja auch mit Reden zufriedengeben, aber erst danach. Ich bleibe weiter dran.

Zu 4: Was Mareike angeht: Ehrlich gesagt, mir ist

der Überblick verloren gegangen. Ich hab gedacht, ich würde das mit Lars wegstecken können. Aber es klappt nicht. Wenn ich an sie denke, ist Schluss. Dann geht gar nichts mehr und nicht mal das. Das ist natürlich nicht gerade meiner Versetzung förderlich. Aber was macht das noch aus? Notfalls bleibe ich eben kleben und bin wie Arnold einer der Ältesten und Erfahrensten in einer neuen Klasse. Mareike wäre dann auch aus meinem Gesichtsfeld verschwunden. (Die andere Überlegung war, zwei Klassen zu überspringen, um so für Mareike interessanter zu werden, aber da stehen die Chancen schlecht. Wenn ich das der Sauer vorschlage, kriegt die einen Lachkrampf, erstickt daran und wir bekommen womöglich den Hilbinger als Klassenlehrer.) =:-[

Daher sieht die Sache mit Mareike momentan ziemlich finster aus. ich habe ja immer noch die E-Mail-Adresse ihrer Mutter. Was hältst du davon, ihr mal eine echt coole Mail zu schicken? Ob das etwas bringt?

Bislang habe ich mich nicht getraut. Ich könnte mich als jemand anderes ausgeben, was weiß ich wer, und dann später triumphierend mein Inkognito lüften.

So, jetzt habe ich wunde Finger und bin noch mit Kons verabredet. Was glaubst du, ob er die aufblasbare Puppe noch besitzt? Ich würde die ja schon gerne mal näher betrachten.

Grüße,

Luke

P.S. Du findest keinen neuen Spielstand angehängt, im Moment habe ich irgendwie auf Besiedelung und Entwicklung keinen Bock. Die Realität ist einfach zu kräftezehrend.

P.P.S. Ich trage wieder Unterhosen: Reißverschluss und Schamhaare vertragen sich einfach nicht.

To: **thies (matthias.schulz)@golden-gate-friends.com**
Date: **Fri, 16. Apr 15:34:33**

Es tut mir leid! Wirklich, Thies, das habe ich nicht gewollt!

Es ist mir peinlich, ich bin ein Schwein und schäme mich! Okay? Asche auf mein Haupt und nächste Woche gehe ich zum Sexualtherapeuten!

Demütig,

Luke

To: **thies (matthias.schulz)@golden-gate-friends.com**
Date: **Tue, 20. Apr 16:15:52**

Thies,
bitte sprich mit mir! Warum willst du nicht mit mir telefonieren? In der Hoffnung, dass du diese Mail trotzdem liest, schildere ich dir einfach mal, wie es wirklich war. Dass ich Scheiße gebaut habe, steht außer Frage.

Also: Angefangen hat alles damit, dass ich Freitag vor einer Woche im Computerraum allein war. Die Aufsicht las und alle anderen waren schon weg. Da bin ich über eine Suchmaschine noch einmal in einem dieser Pubertätsforen gelandet. Einem, das ich noch nicht kannte.

Da ich mir an dem Tag schon zweimal einen geschnupft hatte, kam ich auf die Idee zu fragen, wie oft eigentlich normal ist. Gleichzeitig hatte ich Schiss, diese Frage unter meinem Namen zu stellen. Daher habe ich einfach deinen genommen. Es tut mir leid! Aber ich habe dich/mich nicht als Superonanierer geoutet.

By the way, woher weißt du eigentlich von der Geschichte?

Folgende Frage hatte ich in das Forum gestellt:

Hallo,
ich bin fünfzehn (Thies) und Arnold ist vierzehn. In letzter Zeit diskutieren wir während der Pausen oder danach – mit ein paar Freunden – über Selbstbefriedigung und so. Wir fragen uns, wie oft eigentlich normal ist. Ich (Thies) onaniere, seitdem ich zwölf bin, und das so zehn- bis fünfzehnmal in der Woche. Arnold hat das erste Mal mit elf onaniert und macht es wöchentlich acht- bis zehnmal.

Meine beiden anderen Kumpels (die nicht genannt werden wollen) onanieren deutlich weniger, das heißt zwei- bis dreimal beziehungsweise vier- bis fünfmal in der Woche – und manchmal auch eine Woche lang überhaupt nicht.

Fallen wir vollkommen aus dem Rahmen? Alle von uns sind noch jungfräulich. Nimmt es bei regelmäßigem Sex ab? Bitte antwortet rasch! (Wir können nicht jeden Tag surfen, da von der Schule aus, doch wir werden nachschauen!)

Thies & Arnold

Du kannst mich jetzt gerne schlagen, aber ich hätte nie gedacht, dass das rauskommen würde, beziehungsweise wer konnte denn davon ausgehen, dass auch andere aus unserer Schule in diesem Forum herumsurfen! Das war so unwahrscheinlich wie – wie Ostersonntag an einem Donnerstag!

Aber gut, ich hab am nächsten Dienstag wieder reingesehen und fand als Antwort den Vorschlag, sich doch im Chat in aller Ruhe über diese Fragen zu unterhalten. Denn meine Fragen wären nach Ansicht des Docs von generellem Interesse.

Also bin ich rüber in den Chat (wieder unter deinem Namen, sorry!). Hier das Protokoll (ich weiß nicht warum, aber ich hab es vorsichtshalber auf Diskette abgespeichert):

Chatroom 1:

Thies:

Tag, Doc.

Doc:

Hallo, Thies, hallo, Arnold,
hallo, Anonyme.

Thies:

Arnold konnte heute leider nicht.

Doc:

Warum und wie oft haben Männer und Frauen (Erwachsene und Jugendliche) das Bedürfnis nach Sexualität, war, glaube ich, deine Frage?

Thies:

So ungefähr, ja.

Dark324:

Also ich onaniere andauernd.

Thies:

Wie oft ist denn noch normal?

Doc:

Diese Frage beschäftigt seit Jahren die Sexualwissenschaftler. Grundsätzlich gibt es da keine spezifischen Erkenntnisse – jedoch für euch als Beginners vielleicht ein paar interessante Infos.

Gut563:

Wer ist hier ein Beginner?

Thies:

Ich schon, zumindest was Frauen angeht.

Dark324:

Ich bumse andauernd.

Doc:

Grundsätzlich gilt: Einerseits soll Sexualität der Vermehrung dienen, andererseits ist eine Befriedigung durch ausgeübte Sexualität ja auch eine sehr angenehme Sache.

Thies:

Du meinst, Wichsen macht Spaß?

Trp-set:

Logisch! Warum macht man es sonst!

Doc:

Man könnte es vielleicht mit etwas vergleichen, was ihr besonders supergut findet: tolle Feten, Musikhits, Getränke usw.

Gut563:

Eh, Mann, ist echt voll supergut.

Thies:

Kannst du mal die Klappe halten!

Doc:

Wenn ihr nachdenkt, fällt bestimmt jedem von euch ein persönliches Beispiel ein. Diese als angenehm empfundene Situation ist ja daher besonders schön, weil sie etwas Besonderes ist! Jeden Tag Fete, immer derselbe Song, ständig das Lieblingsessen ödet einen irgendwann an.

Thies:

Bislang macht es noch Spaß.

Gut563:

Aber logo!

Doc:

Sexualität soll ja auch Spaß machen! Zudem gibt es in der Pubertät immer wieder Entdeckungsreisen, in denen man zum Beispiel verschiedene Veränderungen an seinem Körper wahrnimmt ...

Trp-set:

Er wird immer größer, jeden Tag ein Stück ...

Doc:

... aber auch eventuell neue »Praktiken« kennenlernt, wie einem Sexualität Spaß machen kann (und natürlich, was einem gar nicht so angenehm ist). Diese Vorlieben können sich von Mensch zu Mensch selbstverständlich unterscheiden.

Gut563:

Ist mit Vorlieben jetzt Schweinkram gemeint?

Dark324:

Es gibt keinen Schweinkram. Erlaubt ist, was gefällt und niemandem wehtut!

Thies:

Also ich bin da ganz normal. Einfach »Fünf gegen einen«! Nur eben ziemlich oft!

Dark324:

Was heißt denn schon normal! Was denkst du beispielsweise dabei?

Thies:

Das geht niemanden etwas an!

Doc:

Darf ich? Danke. Zurück zum eigentlichen Thema: Es ist völlig unerheblich, ob man onaniert oder innerhalb einer Partnerschaft Sexualität praktiziert. Innerhalb einer Partnerschaft seine Sexualität auszuleben ist allerdings sehr viel spannender, weil man die Bedürfnisse seiner Partnerin/seines Partners erkunden und befriedigen kann.

Trp-set:

Befriedigen ist immer gut.

Dark324:

Warum sind hier eigentlich keine Frauen?

Doc:

Die nächste Frage in deiner Mail, Thies: Viele Kinder onanieren bereits weit vor Beginn ihrer eigentlichen Pubertät (unabhängig von der Fähigkeit, Samen/Spermien zu produzieren). Das Alter, in dem Jungen onanieren, kann daher schwanken. Es ist also nicht unnormal, wenn man mit neun, elf oder vierzehn Jahren beginnt sich selbst zu befriedigen.

Gut563:

Jetzt bin ich aber erleichtert!

Trp-set:

Wieso? Hattest du seit dem neunten Geburtstag ein schlechtes Gewissen?

Gut563:

Kann den niemand ausloggen?

Doc:

Lass nur, hier kann jeder sagen, was er will.

Thies:

Könnt ihr euren Stress nicht anderswo austragen? Wie oft normal ist, will ich wissen! Mein Kumpel macht es etwa zweimal am Tag, ich durchschnittlich dreimal! Ist das okay?

Doc:

Es gibt keine Regel dafür, wie oft man täglich oder wöchentlich onanieren sollte/könnte. Den Orgasmen selbst wird es jedenfalls nicht schaden, wenn man fünfzehnmal pro Woche onaniert.

Trp-set:

Dann mal ab aufs Klo!

Doc:

Ihr solltet euch aber überlegen, jeder für sich, in welchen Situationen ihr onaniert (nach Schulstress, besonders schönen Ereignissen, erotischen Bildern/Filmen usw.).

Dark324:

Pornos! Wo? Wo? Wo?

Thies:

Warum bitte soll das einen Unterschied machen und was meinst du mit »Situationen«?

Doc:

Überprüft für euch, ob ihr in diesen Momenten wirklich Bock auf Sex habt oder ob es sich einfach als Gewohnheit »eingeschlichen« hat, zum Beispiel morgens vor dem Aufstehen oder abends zu onanieren.

Dark324:

Es ist Morgen, also onaniere ich!

Doc:

Genau darum geht es! Wenn ihr das so zur Gewohnheit werden lässt, kommt ihr wahrscheinlich irgendwann gar nicht mehr auf eure Kosten beziehungsweise müsst immer »höhere Maßstäbe« anstreben, um euch wirklich befriedigen zu können.

Trp-set:

Ich komm immer, sofort!

Doc:

Mensch! Ich meine nicht das Abspritzen von Samenflüssigkeit, sondern eher das wirklich innere Gefühl der Zufriedenheit, der Entspannung.

Thies:

Ist das wichtig? Also diese Zufriedenheit?

Gut563:

Heißt ja Selbstbefriedigung!

Doc:

Es wäre wirklich sehr schade, wenn ihr nur im Rahmen einer Gewohnheit Sexualität erfahrt (»Es ist Morgen, also onaniere ich!«), da dann mit der Zeit die Lust auf Sexualität darunter leidet (nicht körperlich, da geht nichts kaputt).

Thies:

Also am besten die Tür abschließen, es sich gemütlich machen und dann ganz langsam ...

Doc:

Eher es nur dann machen, wenn man wirklich Lust hat beziehungsweise es sich wirklich wünscht. Aber du hast Recht, eine entspannte Atmosphäre ist sicher optimal.

Dark324:

Jedenfalls besser als auf dem Klo, wenn schon der Nächste an der Tür rüttelt.

Trp-set:

Oder Wettwichsen!

Doc:

Ich finde, Sexualität ist eine private Angelegenheit.

Thies:

Meine Rede, Tür abschließen und seine Ruhe dabei haben!

Doc:

Sex »zwischen Tür und Angel«, unter Zeitdruck ist sicher nicht so toll und ermöglicht wohl kaum ein genussvolles Entdecken seines Körpers.

Gut563:

Dann mal ab in die Wanne.

Trp-set:

Aber die Tür abschließen.

Danach habe ich mich zufrieden und glücklich ausgeloggt. Abends habe ich dann den Rat vom Onkel Doktor befolgt …

Wirklich, dass ausgerechnet meine Mail-Anfrage samt Chatprotokoll ein paar Tage später am Schwarzen Brett in der Schule aushing, habe ich nicht gewollt. Dabei müsste ich eigentlich seit der Kreditkartengeschichte klüger geworden sein, was das Net angeht.

Okay, du bist zu Recht sauer auf mich. Ich habe deinen Namen missbraucht. Aber dass nicht du diese Frage gestellt hast, sondern ich der Sexabhängige bin, habe ich inzwischen klargestellt.

Folgende Mail habe ich erst ins Net gestellt und dann ans Schwarze Brett gehängt:

An Doc und alle, die »Masturbation« vom 9. April gelesen haben!

Ich wollte sagen, Thies hat die Frage nicht gestellt! Thies ist mein bester Freund und ich entschuldige mich in aller Form und Öffentlichkeit für meine gefakte Frage. Er war auch nicht im Chat, das war ich. Ich entschuldige mich noch mal und werde so was nie wieder tun. Thies konnte die Frage auch gar nicht stellen, da er momentan in den USA ist.

Ich werde mich noch gesondert bei meinem Freund dafür entschuldigen, dass ich seinen Namen missbraucht habe. Der, der so viel onaniert, bin ich. Ebenso ist Arnold völlig unschuldig. Wieso sollte er auch, er hat ja eine Freundin. Es tut mir wirklich leid!

Tschüs, jetzt aber wirklich und todernst, mein Name ist Lukas.

Ich habe diese Mail, wie gesagt, selbst bei uns in der Schule ans Brett gepinnt. Ebenso das Gespräch im Chat. Und wenn ab jetzt niemand mehr was mit mir zu tun haben will, kann ich das gut verstehen. Aber ich musste dich einfach von diesem Verdacht reinwaschen! Ist mir auch egal, wie das jetzt alles weitergeht. §:-/ Notfalls verpisse ich mich. Angeblich kann man immer noch auf irgendwelchen Bananendampfern als Schiffsjunge anheuern. Und die Fremdenlegion gibt es ja auch noch.

Arnold sieht mich an, als ob er nur noch überlegt, wie er mich am besten und am schmerzhaftesten killen kann, aber das soll mir recht sein. Nur unsere Freundschaft, Thies, die darf nicht enden! :-(

Bitte, wenn ich irgendwie noch mehr tun kann, sag es.

Dein – in der Hölle schmorender – Luke

To: thies (matthias.schulz)@golden-gate-friends.com
Date: Tue, 20. Apr 17:45:33

Tach, Thies,
endlich, du schreibst mir wieder! Dafür könnte ich dich knutschen. Trotz der deiner eigenen Aussage nach wieder zurückgekehrten Pickel. Noch einmal: Das werde ich dir nie vergessen und du hast für alle Zeiten was bei mir gut. **=:-)]}**

Hat dir übrigens deine ominöse Quelle, dein Informant, auch mitgeteilt, wie die Geschichte weitergegangen ist? Wenn nicht, mail ich es dir demnächst.

Meine Party steht noch in den Sternen. Ich halte mir alle Optionen offen. Einerseits: Ist der Ruf erst ruiniert, lebt es sich völlig ungeniert. Andererseits: Du weißt schon.

Aber schreib doch mal wieder zur Abwechslung was von dir. Was macht Cindy, was das Wetter? Wart ihr wieder segeln, bist du dicker geworden oder inzwischen Mister California?

Ich habe dir den neuen Spielstand angehängt. »Breitarsch« und »Ätzengesäß« habe ich geräumt. Wenn du willst, kannst du kampflos einmarschieren.

Beides sind 7er-Städte mit Orakel, Aquädukt und Marktplatz. »Ätzengesäß« hat sogar einen Hafen.

Grüße,

Luke

To: thies (matthias.schulz)@golden-gate-friends.com
Date: Fri, 23. Apr 15:55:24

Tag, Thies,
das ist mal wieder typisch. Nur das Schlechte und Gemeine verbreitet sich um die Welt. Aber da bin ja noch ich. Ehrlich gesagt, aus der Geschichte ist ein merkwürdiger Selbstläufer geworden.

Die ersten Tage war ich der Arsch. Selbst mein Bruder bestand darauf, getrennt von mir zur Schule zu gehen, und wirklich keine Sau sprach mit mir. Dafür Anspielungen, wenn ich vorbeiging, alte Pornos auf meinem Platz und Getuschel, Gekicher und so (da außer mir niemand Mist gebaut hat, musste sich ja auch, anders als bei Kons, niemand zusammenreißen). Aber daran war ich seit der Videogeschichte ja schon gewöhnt. **:-/**

Doch dann, welch Wunder! Irgendjemand (ich war das wirklich nicht!) hat die Antwort des Doc auf mein Geständnis ans Schwarze Brett gepinnt:

Hallo, Luke,
dein Beitrag zeigt ein sehr hohes Maß an Courage (Hut ab!); damit hast du mich echt aus den Socken gehauen. Manch einer könnte sich von dir eine Scheibe abschneiden!

Entschuldigung folglich angenommen und Thema vergessen!

Bis dann, falls du noch andere Fragen haben solltest.

Dein Doc

Hey, plötzlich bin ich nicht mehr die allerletzte Sau, sondern ein Schwein mit Courage! (Ich musste erst mal im Lexikon nachlesen, was genau das bedeutet.) Gut, dass ich mitunter maßlos wichse, ist jetzt schulbekannt. Aber ebenso wissen nun alle, dass selbst das »normal« ist. **=:-)** Und dass ich ein ehrlicher Gesell bin und so weiter. Die Lehrer überlegen, demnächst einen Teil des Aufklärungsunterrichts mit Hilfe solcher Foren durchzuführen. Die erste Reaktion des Direx, alle Internetzugänge im Computerraum zu kappen, ist inzwischen vergessen.

Wenn man es richtig sieht, dann haben wir (also ich, du ja nicht) Schulgeschichte geschrieben. Das kann man ja auch mal so sehen. **:-)**

Und jetzt der Hit! Ich werde meine Party geben. Und meine Chancen auf Wettgewinn stehen besser als je zuvor. Denn gestern habe ich in meiner Tasche einen Zettel gefunden. Von einer Frau (leider anonym), die mir schreibt, dass sie meinen Mut bewundert und es toll findet, wie ich zu meinem Fehler stehen würde. Außerdem – und jetzt halte dich fest – würde sie auch onanieren und fände das völlig normal! Ich fasse es nicht. Es gibt Frauen, die onanieren, dabei könnten die doch alle MICH haben! **=:<]**

Wie dem auch sei, ich muss unbedingt herausbekommen, wer das geschrieben hat, und dann … Wie sagt mein Onkel Wolfram: Geteiltes Leid ist doppelte Freude!

Wieder obenauf,

Luke

P.S. Ab Montag haben mein Bruder und ich den neuen Anschluss. Die Adresse ist LudgerWahl@netcomp.de.

Besser, du schickst weitere Post dahin. Den Computern in der Schule traue ich nicht mehr.

To: **thies (matthias.schulz)@golden-gate-friends.com**
Date: **Mon, 26. Apr 19:55:31**

Tach, Thies,
du musst kommen! Das wird die obergeilste Party des Jahres. Alle wollen antanzen, wirklich alle. Sogar mein Bruder will mit ein paar seiner Kumpels und der Finnin vorbeischauen. Soll ich dir sagen, warum? Alle rechnen fest mit einem neuen Skandal und den will keiner verpassen, sagt Arnold. Ist doch echt irre, so leicht wird man plötzlich berühmt. Gut, Lucky Luke hat inzwischen hier an der Schule eine etwas andere Bedeutung bekommen, aber irgendwie ist das doch auch ein Ehrentitel.

Mal sehen, was die Leute sich an gemeinen Geschenken für mich überlegen. Die Gummipuppe ist ja schon durch. Einen Gutschein für den Straßenstrich? Oder ein paar tolle Bücher à la »Die schönsten Einhandgeschichten« – »Ich und meine goldenen fünf Finger« – »Tausend Tricks zum Selbermachen«? Alles kein Problem. Ich hab mich selbst so ausgeknockt, da kommt keiner ran. Außerdem, was soll's. **:-)** Ich halte es inzwischen mit Woody Allen, der mal so was Ähnliches sagte wie:

»Onanie ist Sex mit dem mir liebsten Menschen der Welt.«

Aber mal weg von diesem nervenden Thema. Ist echt komisch, seit dieser Geschichte habe ich null Bock auf Sex. Echt!

Ich kann VIVA sehen und bekomme nicht mal mehr einen Steifen! Wahrscheinlich war es das. Wenn ich als Jungfrau sterben sollte, kein Problem. Meine Socken sind wieder auf ihre ursprüngliche Funktion reduziert und ehrlich, ich habe keine Lust mehr auf den Stress. Ich schlage vor, wir blasen die Wette ab.

Jetzt mal echt, ohne Scheiß. Eine reine Jungenschule wäre eine bedenkenswerte Alternative (da ich sowieso klebenbleibe: Englisch und Mathe Fünf). In einer Jungenschule herrschen doch paradiesische Zustände. Kein Stress, keine Ablenkung. Man hat alle Zeit und Ruhe der Welt, sich mit den echten und wichtigen Dingen des Lebens zu beschäftigen: lernen, angeln, lesen, gute Musik hören … =:-} Vielleicht ist das auch alles gar nicht schlecht. Vielleicht ähnlich wie bei dir! Du weißt ja auch, dass du vorerst nicht an Cindy rankommst. Also ist der Stress weg und man kann einfach nette Dinge mit einer Frau machen, ohne permanent grübeln zu müssen, wie man sie rumkriegt. Du verstehst?

Du schreibst, ihr macht inzwischen echt viel zusammen. Eigentlich fast alles, nur das Thema Sex sei vorerst ausgeklammert. Und dass es schön wäre, so oft mit Cindy zusammen zu sein und zu reden und all das. Wahrscheinlich ist das der Weg. Bei mir lief das, wenn ich versucht habe mit Frauen zu sprechen, immer über die Hose. Meine Mam sagte neulich mal, nur wenn man etwas eigentlich gar nicht mehr will/braucht, kommt es. So wäre das im Leben. Wer völlig fixiert einer Sache hinterherhechelte, würde fast immer scheitern. Gut, sie meinte das zu meinem Pa und dessen Karriereplänen, aber ich kann mir vorstellen, das gilt auch sonst. Selbst wenn es nicht klappt, hat man immer noch eine schöne Zeit gehabt. So wie du mit Cindy. Bevor diese ganze Scheiße mit der Pubertät und so anfing, hatte man ja auch Mädchen im Freundeskreis. Früher habe ich sogar mit meiner Cousine zusammen gebadet und in einem Bett geschlafen. =:-?

Wenn die Medizin irgendwann mal der Menschheit einen Gefallen tun will, dann erfindet sie eine Pille, die die Geschlechtsreife verschiebt, vielleicht auf dreißig. Dann hat man bis dahin wenigstens seine

Ruhe und kann unbeschwert mit Frauen befreundet sein. Eine Alternative wäre auch, schwul zu werden. Dann wären Frauen einfach nur Kumpels – andererseits hätte man denselben Stress mit den Kerlen.

Kannst du nicht mal ein größeres Foto von Cindy mailen? Und von dir? Ich weiß inzwischen kaum noch, wie du aussiehst.

Grüße in die Fremde,
äußerst nachdenklich,
Luke

To: **thies (matthias.schulz)@golden-gate-friends.com**
Date: **Wed, 28. Apr 21:55:33**

Sei mir gegrüßt, mein bester Freund!
Schade, dass du definitiv nicht kommen wirst. Aber wie sollte das auch klappen? Meine Eltern würden mich ebenfalls für verrückt erklären, wenn ich sie fragen würde: »Hey, Pa, ich möchte zu Thies nach San Francisco jetten, der feiert eine klasse Party. Könnt ihr mir das Ticket zahlen? Ich komme auch gleich am Sonntag zurück.« ;-)

Es soll Leute geben, die haben die Knete. Aber zu denen gehören wir nun einmal nicht.

Aber heftig, dass du wirklich gefragt hast. Noch heftiger, dass deine Eltern ihr Nein tatsächlich begründet haben. Aber tröste dich, viel wird eh nicht passieren. Ich denke, es wird ein ganz normales Fest. **&:<)]**

Das wäre ja zur Abwechslung auch mal was Nettes (ich meine, wenn irgendwas in meinem Leben normal läuft).

Damit du auf dem Laufenden bist: Ich habe meinen Eltern die Erlaubnis aus dem Kreuz geleiert, auf dem Dachboden zu feiern. Die Wetzlafs aus dem ersten Stock haben ebenfalls ihr Okay gegeben. Mit Arnold zusammen habe ich gestern den ganzen Tag deren Sachen in die hintere Ecke geräumt. Dann gestaubsaugt und den alten Teppich meiner Eltern aus dem Wohnzimmer ausgerollt. Zum Sitzen gibt es drei alte Sofas. Zusammen mit ein paar Kissen ist das echt klasse geworden. Zwei Lampen habe ich auch schon angebracht und Kons bringt Freitagnachmittag noch seine Lichtorgel vorbei.

Jetzt muss ich nur noch meinem Vater oder Bruder eine anständige Anlage abschwatzen, dann könnte das ein echt nettes Fest werden. Jedenfalls stilvoller als die Partykeller- oder Jugendzimmerpartys, die sonst so laufen.

Bis jetzt hat keiner der Eingeladenen abgesagt, selbst die Frauen wollen kommen. Mein Vater kocht eine Gulaschsuppe und um sieben Uhr geht es los. Mal sehen, meine Eltern haben mir ihr Okay bis Mitternacht gegeben. Aber ob die anderen so lange bleiben dürfen? **:-?**

Kannst du dir das vorstellen, irgendwann werde ich mal achtzehn sein! Dann kann ich sogar den Führerschein machen.

Voller Vorfreude. **:-)]**

Bald erwachsen,

Luke

P.S. Mir fällt gerade auf, ich sollte vielleicht auch noch kurz auf deine Fragen eingehen.

Also: Logisch bin ich noch dabei herauszubekommen, wer den Zettel geschrieben hat. Ich habe ja Mareike im Verdacht. Ihre Schrift ist ähnlich, ich konnte neulich einen Blick in ihr Deutschheft werfen. Andererseits, fast alle Frauen haben die gleiche Schrift. Mit Kringel auf dem i, so rundlich und gut lesbar. Was hältst du davon, wenn ich mir ein Poesiealbum zulege und jede um einen kurzen Eintrag bitte? Das haben wir damals am Ende der Vierten gemacht. Ich besitze mein altes noch und hab die Schriften verglichen. Von denen aus der Grundschule war es sicher keine. Daher fallen Amanda, Frederike und Andrea weg. Bleiben noch knapp zehn andere. Ebenso könnte die Frau aus der Parallelklasse sein. Oder eine Klasse drüber oder zwei …

&:<)

Ich werde jedenfalls an die Tür zum Dachboden ein leeres Plakat hängen, eine Gästeliste (haben meine Alten mal bei einer Party gemacht), auf die jeder einen coolen Spruch schreiben soll, vielleicht kriege ich so etwas raus.

Was gegen Mareike spricht: Sie ignoriert mich völlig. Aber vielleicht ist das ja Masche. Du weißt schon: Jungens müssen den ersten Schritt tun und so. Noch mal, was hältst du von einem Liebesbrief per Mail?

Aber genug von mir. Wollen wir eigentlich noch weiter »Civilisation« spielen? Ich muss ja gestehen, ich habe neulich im Internet eine Homepage mit Hints und Cheats gefunden. Bislang habe ich mir keine runtergeladen. Ehrlich! **;-)**

Wenn wir wollen, können wir locker fünfhundert Jahre Entwicklung abkürzen. Nur so als Vorschlag.

Was dein angebliches Pickelproblem angeht: Ich finde, auf dem Foto siehst du einfach nur gut und männlich aus. Seit wann bist du denn so braun? Und waren deine Schultern wirklich schon immer so breit? Einen Fast-Food-Pampe-Bauch hast du auch nicht, aber trotzdem siehst du echt unheimlich amerikanisch aus! Und Cindy, Mensch, die ist ja wirklich süß.

Was mir nur leid für dich tut, ist, dass du schreibst, dich würde es nerven, wenn dir manchmal die Worte fehlen. Falls es dich tröstet, mir fehlen sie immer. Auch ohne fremd- beziehungsweise muttersprachliches Problem. Mein Bruder beklagt übrigens die gleichen Schwierigkeiten beim Zusammensein mit seiner Finnin. Die spricht mäßig Deutsch und er null Finnisch. Da bist du doch noch gut dran und in Englisch standst du ja sowieso fast immer auf einer Eins.

Dass du mit Football angefangen hast, finde ich ehrlich gesagt etwas merkwürdig. §:-/ Früher warst du der Typ Skaten und so und jetzt plötzlich der Macker-Mannschaftssport schlechthin! Aber bei deinem neuen Körperbau wahrscheinlich naheliegend.

Ich habe mit Climbing angefangen. Die Letscher an der Schule hat das als Wahlfach angeboten. Im Moment bordern wir noch, also hangeln auf einer Höhe entlang, aber sie will dafür sorgen, dass wir eine echte Kletterwand kriegen. Auf die Idee bin ich neulich auf der Friedrichstraße bei einem Sportfest gekommen. Da hatten die so eine Wand aufgebaut, sogar mit Wasserfall – Reklame für irgendwelche wasserfesten Sportklamotten. Ich habe mich einkleiden lassen und bin dann, so richtig mit Seilsicherung, die Wand hoch. War klasse, als würde man einen Wasserfall hochklettern. Das mache ich jetzt weiter. Kommt auch meinem Körperbau entgegen, schmal, ohne viel Muskeln. Football würde ich jedenfalls nicht überstehen, trotz Schutzpolstern und so.

Mist, jetzt bin ich schon wieder bei mir. ;-)

Also, ich denke an dich und halte dich auf dem Laufenden.

Indifferent,

Luke

To: **thies (matthias.schulz)@golden-gate-friends.com**
Date: **Thu, 29. Apr 16:41:55**

Sorry, Thies,
aber ich bin echt busy. Ich muss noch einkaufen, eine rote Glühbirne besorgen und Präser. **&:<)** Man weiß ja nie.

Ich bin mir übrigens sicher, der Zettel ist von Mareike. Sie hat mich heute Morgen angesprochen und gesagt, dass sie sich auf morgen freut! Das sagt doch alles.

Die Gästeliste kann ich dir gerne mailen, aber nicht jetzt! Es tut mir leid, aber man wird nur einmal vierzehn.

Vorfreude,
Luke

P.S. Wenn ich es mir recht überlege, dann sollte die Wette doch wieder laufen. Meine Chancen stehen außerordentlich gut. Ich kann nur noch an Frauen denken. Frauen, Frauen, Frauen …

To: thies (matthias.schulz)@golden-gate-friends.com
Date: Fri, 30. Apr 13:22:13

Hey, Thies,
danke für deine Geburtstagsmail. Leider habe ich kein Playerprogramm, mit dem ich die Geburts.wav-Datei abspielen könnte. Trotzdem danke. Und auf dein Geschenk bin ich irre gespannt.

Alles Weitere morgen ausführlich! Das wird die Nacht der Nächte, das sage ich dir! Und ich habe die Anlage meines Bruders bekommen! Du kennst seine Boxen, klasse, nicht? **=:-)]**

Echt beschäftigt,

Luke

To: thies (matthias.schulz)@golden-gate-friends.com
Date: Sat, 01. May 11:31:36

Tach, Thies,
wenn ich dir gestern schrieb: »Das wird die Nacht der Nächte«, so war das nicht untertrieben.

Erst mal, Thies: Du hast den Vogel abgeschossen. Hast du echt geordert, dass der Mann dein Paket genau um 21 Uhr abliefert? Das war irre. Plötzlich steht der Kerl in der blöden Uniform in der Tür zum Dachboden und sagt: »Ich habe hier eine Lieferung aus San Francisco für Herrn Lukas Moser.«

Den Leuten sind die Kinnladen reihenweise runtergekracht. Und dann noch der Inhalt. Ein Sixpack *Budweiser*, Marshmallows und Tacos! Thies, ich knutsche dich! Du bist ein wahrer Freund! **:´-)**

Also, die Wette habe ich verloren, aber das ist mir egal! Scheißegal, absolute Nebensache! Ich bin verliebt! Völlig verknallt und verschossen – ist dir schon mal aufgefallen, dass all diese Wörter mit »ver-« beginnen …

Arnold musste letzte Nacht in die Klinik gebracht werden und die Polizei war auch noch da!

Ein paar der Jungens wollten unbedingt aufs Dach, um die von gegenüber beim Ausziehen zu beobachten. Und das hat die von gegenüber mitgekriegt und die grünen Männchen gerufen.

Zu diesem Zeitpunkt waren Stefan und seine Kumpels (und natürlich Arnold) schon etwas angetrunken. Als meine Mam hochkam und durchgab:

»Musik leiser, die Polizei ist da«, fing Lars an zu singen: »Fahr mit im grün-weißen Bullenbus, bei uns passt jeder rein, egal ob groß, ob klein …« Alle sangen mit und dann standen sie plötzlich wirklich auf dem Dachboden. Echter Irrsinn.

Der dicke Björn (ich hatte ihn nicht eingeladen) hat versucht sich ein Partybrötchen in den Bauchnabel zu stecken. Unfassbar: Es ging tatsächlich!

Du wunderst dich vielleicht, warum ich nicht maile, in wen ich verknallt bin – und wer in mich! Aber du darfst raten! Du kommst nie drauf. Bis gestern wusste ich es ja selbst noch nicht! **§:-o**

Ich mache Schluss, alles andere später, ich muss aufräumen. Und ich habe morgen ein DATE!

In völlig anderen Sphären,

Luke!

P.S. Hast du gewusst, dass Frauen klasse riechen?

To: thies (matthias.schulz)@golden-gate-friends.com
Date: Sat, 01. May 22:16:55

Tja, Thies,
falsch, völlig daneben. Mareike ist es nicht. Die dumme Schnepfe kannst du vergessen! Es ist … Nee, später.

Aber du willst Details. Okay, ich kann eh nicht schlafen, meine Eltern sind grillen, mein Bruder ist bei seiner Finnin, also habe ich seine Bude für mich.

Ablauf: So gegen 17 Uhr brachte Kons seine Lichtorgel, und nachdem wir die beiden Dachbodenluken verdunkelt hatten, sah das Ganze echt geil aus. Selbst mein Bruder hat sich, als wir seine Anlage anschlossen, gefragt, wieso er nicht schon auf die Idee mit dem Dachboden zum Feiern gekommen ist. Irgendwie war das wie eine echte Partyhöhle und ich wusste, als alles fertig war, das wird ein besonderer Abend. Ob besonders beschissen oder besonders toll, war zu der Zeit noch offen. =:^/

Kurz vor acht kamen die Ersten: Amanda, Joceline, Marie und Frederike, zusammen mit Martin, Nils und Paul; eine halbe Stunde später tauchte der Rest aus unserem Jahrgang auf. Stefan und seine

Kumpels kamen erst gegen zehn, blieben dann aber und irgendwie haben sie später die Party übernommen. Denn nachdem die letzten meiner Leute gegen zwölf weg waren, machten Stefan und sie noch bis zwei Uhr weiter. Und Lukas mittendrin. Also etwa ab zwölf, denn vorher war ich selbst schwer beschäftigt. Mit Riechen, Reden und Küssen!

So gegen elf fuhr mein Vater Arnold ins Krankenhaus. Er hatte angefangen mit der Finnin Erdbeersekt um die Wette zu trinken – und verloren. Dann wollte er sie durch tolle Klimmzüge am Dachbalken beeindrucken und hat sich dabei das halbe Kinn abgerissen. Sein Vater berichtete vorhin am Telefon, dass es genäht werden musste. Na ja, dann wird Arnold wohl bald mit Bart rumlaufen, aber selbst schuld. Allerdings muss man zu seiner Verteidigung sagen, dass Frederike vorher mit ihm Schluss gemacht hatte.

Wider Erwarten haben mir die meisten echt nette Sachen geschenkt: eine aufblasbare Torte, Sweets, CDs, einen Kaktus, zwei Games für den Compi. Von meinen Eltern habe ich ein neues Fahrrad bekommen (24 Gänge, Federgabel und Alutretlager). Aber das war klar. Ich hab ja schon vor einem halben Jahr angefangen deshalb rumzunerven. **:-)**

Zu meiner Überraschung aber echt keine einzige Anspielung von wegen Mail und Handarbeit und so. Kons war richtig sauer deswegen. Ich hatte mir auch schon ein paar Antworten bereitgelegt, nach dem Motto: »Oh, das passt gut, ich hab gerade eine Sehnenscheidenentzündung.« Oder: »Klasse, das hat mir in meiner Sammlung noch gefehlt!«

Exakt um 20 Uhr 17 kam dann SIE, zusammen mit Frank, Charlotte, Natalie und Sarah. (Ahnst du, wer es ist?) =:-^)

Tja, und dann ging die Party los. Kons hat den DJ gegeben, leider etwas viel Techno, ich hätte lieber etwas softere Musik gehabt, aber was soll's. Ich war später eh viel zu beschäftigt.

Im Laufe des Abends trennten sich dann Lars und Mareike zweimal (Stell dir vor, die hat echt gewagt den Kerl mitzubringen. Was sollte ich da sagen?), aber sie versöhnten sich auch wieder. Sie sind zumindest gemeinsam gegangen.

Der Dachboden kam klasse an. Die meisten meinten, in einem so geilen Raum hätten sie noch nie eine Party gefeiert!

So gegen halb elf präsentierte dann Stefan seine Überraschung. Er klappte in der hinteren Ecke –

du weißt schon, wo – das Brett mit unserer alten Autorennbahn runter und meinte: »Wettrennen!« Erst dachte ich, ich spinne, will der das Fest sprengen? Aber dann fanden das alle klasse und es machte auch echt Spaß. Stefan hatte eine komplett neue Strecke aufgebaut und sogar kleine Lampen an die Rennautos montiert, dadurch war das richtig stimmungsvoll. So im Dunkeln die Autos über die Strecke zu peitschen, das hatte was. Als ersten Preis stiftete Stefan eine Flasche Prosecco. Es dauerte sicher eine Stunde, bis im K.-o.-Verfahren der Sieger feststand. Natürlich Stefan. Aber ich bin auch bis zum Viertelfinale gekommen – da habe ich dann freiwillig gegen SIE verloren.

Manchmal sind ältere Brüder einfach super. =:-) Hätte ich das mit der Rennbahn gebracht, wäre die Party als Kindergeburtstag bezeichnet worden. Wenn das aber einer der Alten macht und dessen Kumpel begeistert bei der Sache sind, finden das plötzlich alle geil. Auf einmal war meine Party ein Event!

IHR Geschenk fand ich erst etwas blöd, was soll ich mit einer CD-ROM, mit der ich selbst Musik samplen kann? Aber später, nach der Offenbarung, hat sie mir angeboten sich mit mir zusammen an die Kiste zu setzen. Du kannst sicher sein, Musik machen wird mein neues Hobby! =:^)

Aber wo war ich? Ach ja. Erst dachte ich, alles wie üblich. Ich werde mit den Jungs plaudern und vielleicht etwas picheln. Aber es kam anders.

Erst die Geschenke und so, und irgendwie waren alle total lieb zu mir. Bis auf Frederike, die stichelte die ganze Zeit, aber sie ist halt ein Lästermaul.

Vielleicht interessiert dich ja auch, was die Frauen anhatten. Obwohl es draußen noch recht kalt war, sahen wirklich alle absolut sexy aus. (Marie war schon fast etwas nuttig angezogen, mit Stiefeln und so). Beinahe so, als ob sie mich alten Spitzkopf besonders scharfmachen wollten. Doch ich stand über den Dingen. Trotz der megakurzen Röcke und freien Schultern und den herauslinsenden BHs. =;<)

Ja, und irgendwann, so gegen halb zehn, also kurz nach deinem einmaligen Geschenkboten, kam SIE auf mich zu und erzählte mir was von wegen: ob ich ihr nicht mal mein Zimmer zeigen könnte. Aber selbst da schnallte ich noch nichts. Ich sagte: »Klar, warum nicht?« Und ging mit ihr runter. Ich hab ihr alles gezeigt und dann gingen wir wieder hoch. Mehr war da nicht.

Stefan sagte mir vorhin, er hätte das von Anfang an gewusst, aber nichts sagen wollen, um mir nicht den Spaß zu verderben. Angeblich standen sie und ich den ganzen Abend nebeneinander und sie hat mich ständig angesehen. Also ich habe davon ehrlich nichts mitbekommen.

Und angeblich nicht erst auf der Party, sondern bereits viel früher. Arnold sagte mir, schon in den letzten Wochen in der Schule hätte ich angeblich immer zu ihr rübergesehen und sie zu mir. Blödsinn, das müsste ich ja wohl wissen! Und wenn, warum hat mir das niemand gesagt? :-/

Nachdem Kons, Martin und Lars auf das Dach geklettert waren, um zu spannen, als dann kurze Zeit später die in Grün kamen, da habe ich, glaube ich, zum ersten Mal was gemerkt. Ich weiß noch, ich stellte fest, dass sie tolle lange Haare hatte – hat. Und ich glaube, das habe ich ihr auch gesagt. Irgendwann nach dem Autorennen saßen wir dann beide auf dem Sofa. Alle bequatschten Arnold und seine Platzwunde. Da fiel mir auf, dass sie auch eine tolle Nase hat. Und erst die Augen! Ganz dunkel, ein ganz dunkles Dunkelbraun. So dunkel, dass man die Pupillen gar nicht sieht. Und sie lächelte.

Ich glaube, das war es. Plötzlich merkte ich, dass ich Jasmin noch nie richtig angesehen hatte. Sicher, ich fand schon immer, dass sie verdammt gut aussieht, aber irgendwie dachte ich, nicht mein Typ! Wahrscheinlich weil ich Idiot immer auf Mareike gestiert hatte. Als sie anfing von ihrer alten Schule zu erzählen, hätte ich in ihrer Stimme ertrinken mögen. Dieses etwas Raue, einfach irre!

Mit einem Mal bekam ich Hitzewallungen und mir wurde klar, dass sie auch einen wunderschönen Busen haben muss. Zumindest was man so sieht, wenn man ihr von oben in den Ausschnitt ihrer dunkelblauen Bluse linst. *:^)

Aber das war erst später, plötzlich rutschte irgendwie meine Hand in ihre. Das war nicht so wie ein Blitzschlag, mehr so, als würde meine Hand einfach in ihre gehören. Seitdem liebe ich Jasmin. So, jetzt ist die Katze aus dem Sack.

Dann ging es mit den Füßen weiter. Sie hatte ihre Beine hochgenommen und irgendwie geriet ihr rechter Fuß in meine Hand. Hey, Thies, ich hätte nie gedacht, dass Füße so geile Körperteile sind. Ihre Zehen, du müsstest ihre Zehen sehen! Sie sind so niedlich, am liebsten hätte ich reingebissen, aber vorher fiel mir glücklicherweise auf, dass wir nicht alleine waren – und selbst wenn. Sicher wäre sie etwas befremdet gewesen, wenn ich angefangen hätte, an ihren Zehen zu nuckeln.

O Gott, ich glaube, langsam verliere ich etwas den Faden.

Aber daran ist Jasmin schuld. Jasmin ist ein Blütenname. Sie kommt, nein, nicht sie, ihr Vater kommt aus Ägypten, aber sie war auch schon mal da. Also, Pyramiden und Nil und so. Ihre Mutter ist Deutsche, und obwohl Jasmin hier geboren wurde, ist sie erst seit zwei Jahren Deutsche. Und ihre Haut, die ist so – erinnerst du dich an Asterix und Kleopatra? Was für ihn ihre Nase ist, ist für mich Jasmins Haut.

Ja, und irgendwann sagte sie dann, dass sie mich mag. Mich! Luke, Lucky Luke, den Loser, den Hauptdarsteller aus »Pleiten, Pech und Pannen«! Hast du das gehört, sie mag nicht irgendwen, sie mag MICH! Das brachte mich fast zum Flennen. Genauso wichtig war es mir dann, ihr sagen zu können, dass ich sie mag! **:^)** Und das ohne Mist, ohne schweinische Hintergedanken. Ich mag sie nicht, weil sie Brüste hat, die sind nettes Beiwerk! Ich finde sie einfach einmalig, und wenn ich sie ansehe (also Jasmin) oder nur an sie denke, glaube ich, ich müsste ausflippen, steppen lernen und zum

Mond fliegen. Ich wollte ihr wirklich nicht an die Wäsche, dazu verehre ich sie zu sehr, also jetzt immer noch. Damit will ich nicht ausschließen, dass es irgendwann einmal bei uns beiden zu unkeuschen **=:<)** Handlungen kommen wird. Aber das ist mir im Moment egal!

Ich versteh jetzt, was du mit Cindy machst. Mit Jasmin in einem Boot und Sonnenuntergang, das würde mir reichen. Dann würde ich sagen: »Ja, ich habe gelebt, jetzt kann ich sterben!« Aber das muss ja nun auch wieder nicht sein. **=:^]**

Ich weiß jedenfalls, so kurz vor Mitternacht (ihre Eltern lassen sich gerade scheiden, ihr Vater hätte maximal Ausgang bis acht erlaubt) gingen wir runter, da ihre Mam sie abholen wollte. Wir saßen auf der alten Bank neben dem Briefkasten und ich glaube, ich habe nur dämlich vor mich hin gegrinst. Dann hab ich sie auf den Nacken geküsst. Und sie mich. Na ja, und so ging das dann hin und her.

Es wird dir komisch vorkommen: Wir haben auch mal den Mund versucht, aber das fanden wir beide etwas glitschig. Schulter und Nacken und erst die kleine Stelle hinterm Ohr, das ist Leben!

O Thies, ich werde dir bald ein Pic mailen, aber im Moment … ich mache Schluss.

ja, morgen sehe ich Jasmin wieder. Zu einem DATE. Sie selbst hat den Ausdruck benutzt. Komisch, ich habe nicht mal Lust, mir jetzt einen runterzurubbeln, selbst wenn ich dabei an sie denken würde. Im Moment bin ich einfach nur glücklich.

Dein endlich verliebter

Lucky Luke

P.S. Wer mir den Zettel geschrieben hat, weiß ich immer noch nicht. Aber ist auch egal. Außerdem, aufgeschoben ist nicht aufgehoben, wie mein Onkel Wolfram immer sagt. =;^)